講談社文庫

新装版

風の武士(上)

司馬遼太郎

講談社

風の武士(上)●目次

風の武士（上）

遭った男

「信《しん》さん、お目ざめ？」

廊下を、はたきを掛けながら往《ゆ》き来《き》していた兄嫁の律《りつ》の足音がとまって、襖《ふすま》のむこうから声をかけた。相変らず、甘い声だった。柘植信吾《つげしんご》は、ふとんをかぶった。

襖があいて、光が流れこんできた。ふとんの隙間《すきま》からそっと薄目をあけると、細い光の帯を踏んで、律の白い足袋《たび》が入ってくるのがみえた。

「まだ？　もう陽《ひ》が高いわ」

枕許《まくらもと》を、律の裾《すそ》が通った。貧乏御家人《ごけにん》の内儀《ないぎ》のくせに何を炷《た》きこめているのか、信吾の鼻腔《びこう》に湿《しめ》りのある重い匂いが残った。信吾のからだの奥に、小さなうずきがひろがった。

(この女とできたら……)

そう思ってから、兄の与六《よろく》の律義《りちぎ》で小心な顔を思いうかべて、苦笑した。

(なにを考えだすんだ、おれは)

退屈だからだ。毎日、することもなければ考えることさえない。

ただ、若さだけがあった。その若さというものを買ってくれる話が、いままでに一つ二つあった。養子の口だった。侍の家は、長男が家督と禄を継ぐ。次男以下は、もし恵まれた養子縁組の口でもなければ、生涯、兄と兄嫁の食客になるしか手がなかったのである。

もっとも、柘植信吾の場合は、おなじ伊賀同心の家から持ちこまれたのと、小普請組《むやく》ながら百石取りの旗本からあったのと、縁談《はなし》はふたつとも壊《こわ》れた。信吾が、こっそり蓋《ふた》をしておいたはずの、町での女道楽の行状が洩《も》れたためであった。

「隠し女があるそうだな」

そのとき、兄の与六が目の色をかえて詰問した。隠し女とは大そうすぎる、と思ったが信吾はにやにやと笑って黙っていた。二十四にもなる独り者で、ろくに女もないという男がいるとしたら、そんなやつとは信吾は交際《つきあ》いたくないね、と思った。

「早くお起きにならなくちゃ」

律が雨戸に手をかけながら、振り返って床の中の信吾に云った。

(起きろ、たって、起きる目的がないじゃないか)

兄嫁の節介を、小うるさく思った。ところが、律はしつこかった。いったん、雨戸に手をかけておきながら、信吾の枕もとにもどってきて、

「ね、起きるのよ」

といった。律は、入ってくるときに襖を締めてしまっていたから、部屋の中は夜のように暗い。

(なぜ、雨戸をあけないんだろう……)

生活に退屈しはじめると、こまごまと他人の意の内のうごきに興がおこるものだ。この柘植家に輿入《こしい》って以来、兄嫁の律は、律義な亭主の与六よりも、若さを持てあつかいかねているすこし放埒《ほうらつ》な義弟のほうに、年ごとに興味をもちはじめてきていることは、むろん信吾にもわかっていた。

嫂《あね》は、枕もとにすわっているらしい。信吾はその匂いを嗅《か》ぎながら、このところ久しく女を抱いていないことに気付いた。信吾は、兄のいわゆる隠し女である「露月」のお勢以《せい》を思い出した。しかしすぐその映像が消えた。消えたあとに浮かんだ別の映像を、信吾はじっと目をすえて見つめていた。やがて信吾は、闇《やみ》のなかで顔を赤らめ、あわててその映像を吹き消そうとした。この映像だけは、ふとんの中でなま温かく弛《ゆる》んだ気持で見ていたくはなかったのだ。と、そのとき、にわかに今日という日に一つ目的があることを思いだした。

「そうだ」

「そうよ」

兄嫁が相槌《あいづち》をうった。

「なんだ、嫂《ねえ》さんは覚えていたのか」

「むろんよ。だから、何どもお起こししたんじゃありませんか。きょうは、福井町の代稽古《だいげいこ》の日でしょう?」

「そうです。すっかり忘れていた」

「うそおっしゃい。道場のお嬢さん、……ほら、なんとか云った。……」

「ちのさんですか」

「そう。そのちのさんのお顔をみたさに、信さんはうずうずしていらっしゃるくせに」

「とんでもない」

暗い中で信吾はかぶりをふったが、じつをいえば、ほんのいま、網膜《もうまく》の裏に焼きつけていたのは、かたい白磁《はくじ》の膚質を思わせるようなちのの中高《なかだか》の容貌《かお》だったのだ。

「出かけます」

「ごはんは？」

「道場でいただきます」

「ちのさんのお給仕でね。ごちそうさま」

兄嫁は、まるで町家の女のようにすこしはすはに微笑《わら》って立ちあがると、障子をあけて雨戸を繰《く》りはじめた。

信吾は大いそぎで起きあがりながら、ふと、嫂がひらいた中庭の光を見た。軒のひさしの下に染まるような空の青があった。その青は、なにか胸さわぎをするほどに濃く、信吾は、いまはじまったばかりの今日のひかりの色を見つめているうちに、不意に、きょうから自分の歴史が変わってしまうのではないか、という奇妙な予感がした。

道場へ行くというので、信吾はめずらしく袴《はかま》をつけて浅草鳥越明神《とりごえみょうじん》横の兄の組屋敷を出ると、甚内橋《じんないばし》を渡った。

突きあたると、池田内匠頭《たくみのかみ》下屋敷の黒い塀がある。裏木戸があけはなされて、町家の者がむらがって出入りしていた。

(なにかな、きょうは)

くびをひねりながら歩いていたが、

(ああ)

とつぶやいた。

きょうは初午《はつうま》の日だった。江戸じゅうの稲荷《いなり》のやしろの祭礼日で、練《ね》り物《もの》を出したり、花山車《はなだし》が出たりするのだが、この池田屋敷でも屋敷のなかに祠《まつ》ってある小さな稲荷の祭りをするために、きょうにかぎって裏木戸を所の者に開放していたのだった。

突きあたって東へゆく暫《しばら》くの狭い道筋が、往き来する参詣者《さんけいしゃ》で混んでいた。

（おや？）

信吾は、つと遠目《とおめ》を細めた。

男が来る。

山伏の風体《ふうてい》をしていた。

山伏ならば、この界わいに、上方《かみがた》の醍醐《だいご》にある修験道《しゆげんどう》の本山三宝院門跡《もんぜき》の江戸屋敷があって別にめずらしい風体ではなかったのだが、男の相に異常なものがあった。

男は、群衆を小うるさそうに掻《か》きわけて、急ぎ足でやってくる。年は四十一、二、肥り気味であごのいかつい男だが、厚でな顔をしているくせに瞳《ひとみ》に落ちつきがなかった。どことなく追われる者のようないそぎ方でやってくるのだ。

すれちがうときに、信吾は多少不作法なほどの視線で、山伏の顔を見た。

同時に、山伏の視線が信吾を見て、軽い狼狽《ろうばい》が走ったようだが、すぐ薄刃のように冷たい目付にもどって、信吾のそばを通りぬけた。

（あいつ、おれを知ってやがる）

たしかに、そんな勘が働いた。しかし、信吾のほうにはまったく見覚えはなかった。

浅草御門の前の大通りに出たときは、もうすっかり、そんなことを忘れていた。風が、うしろの鳥越橋のほうから、地を掃《は》くように吹いてくる。強くはあったが、寒くはなかった。

(もうすぐ、桜だな)

柘植信吾は、なんとなく浮きたつような思いで、風の中で呼吸した。もうついそこに、さきほど律が含み笑いをした福井町があるせいだろう。

福井町の南角に、刀術無一流指南練心館と看板の出た小さな町道場がある。

道場主は、平間《ひらま》退耕斎《たいこうさい》と名乗る小柄な老人で、

「練心館さんは、軒端《のきば》を通る犬にさえ声をかける」

と町内の者からわらわれているほど愛想がよく、まだこの土地へ越してから十五年ほどにしかならない新参の所者《ところもの》としては町人たちの受けがよかったが、かんじんの道場はいっこうに流行《はや》らなかった。

流儀にもよるだろう。無一流という、名も広まっていないし伝承も詳《つまび》らかでない剣法では、歴《れっき》とした藩の家中《かちゅう》は来ない。

それに、退耕斎自身が、愛想がいいくせに人交際《ひとづきあ》いは、積極的に避けている風があ

った。町道場主というものは、進んでつてを求めて諸藩の家中と交際し、面識をひろめることによって弟子の増加をはかるのが、当然の商法なのであったが、退耕斎にはそれなりに、それをしたくないなにかの理由があったのだろう。たとえば、人と話していて、自分のことを訊《き》かれると、どんな場合でも、言葉少なになってしまう。

「ご生国《しょうごく》は？」

「志摩（三重県）の在所です」

なるほど、訛《なまり》に上方《かみがた》のふうがあったが、それ以上はどう訊いても、話をそらして答えたことがない。

自然、弟子といえば、町内のひまな商家の若旦那とか、近在のばくち打ちといったような連中ばかりで、武士なら、浅草寺《せんそうじ》の寺侍《てらざむらい》か、束脩《そくしゅう》の安さが魅力で入ってくる浪人の子ぐらいのものであった。

そんな貧乏道場でも、それを食いものにする他流仕合の連中がときどきやってくる。包み銭で帰らないときは、用人格の一斎《いっさい》という老人が、信吾の家へ走ってくるのだ。玄関に走りこむなり、この老人は、そのつど、型で押したように、

「ご近所のよしみにて、頼み参らせる」

と、古風に頭をさげる。それをきくと、信吾が出て行って、二、三本相手にしては追っぱらってしまうわけである。

そういうことが重なって、近頃では、二日、十二日、二十二日と、二のつく日には道場へ出ていって代稽古もしてやる。むろん、信吾は、伊賀同心である柘植家に伝っている忍者の刀法独特の型や口伝《くでん》のほかに、斎藤伝鬼を流祖とする天流を学んでいるから、刀法に多少の違いがあるのだが、当の退耕斎自身、

「刀法に、箸の使い方と撥《ばち》の使い方ほどの差があるものではない」

と一向に無頓着だった。

きょうは、その代稽古の日なのである。

(どうしたかな)

戸が開かないのだ。

門などはない。

道場練心館は、古い三軒つづきの長屋の壁を払って改造しただけの建物だから、戸は小さく格子戸《こうしど》なのである。

（留守かな。それとも、日を間違えて休みの日に来てしまったのかな）

信吾は、小さく戸を叩いてみた。念のために耳をつけると、中で人の気配だけはするようであった。

「もし。柘植信吾です」

「あ」

そんなかすかな声がきこえて、あわててかんをはずす気配がした。

「柘植さま。申しわけございませぬ。あのう……」

ちのの白い顔がめずらしく上気して、柘植信吾のうしろをうかがうような素振りをみせた。

「どうかしたんですか」

「いえ。あの、……町方《まちかた》の者は……」

「町方役人なんぞ、どこにもいませんよ」

信吾はちのの挙動を不審に思ったが、それよりも目の前にあるちののくびれた小さなおとがいを、不意に指で襲ってやりたい衝動をおさえるのにこまった。

「柘植さま。勝手でわるうございます。きょうは道場は休みにするのだ、と父が申しておるのでございますけれど」

「けれど、どうしたんです」

信吾は、からかい半分にのぞきこむように云うのを、ちのは表情を崩《くず》さず、細い両《りよう》掌《て》をそろえて、

「いいえ。それでおしまいでございます」

信吾に、帰れといわんばかりの云いかたをした。

信吾は、式台にひざをそろえているちののえりくびを改めてながめながら、

「妙だな」

と呟《つぶや》いた。なにが妙なのかは、自分でもわからない。

信吾の呟きを、ちのは逆に不審そうな目で見あげた。信吾はあわてて、

「いや、なんでもない。あまり、お父上の退耕斎どのと似ていらっしゃらないな、と思っただけだ」

「…………」

黙ったまま、ちのは急に瞳をひらいた。

(なんと、強《きつ》い目をする娘だ)

信吾は、内心おどろきながら、

「お父上は？」

それには答えず、ちかは膝《ひざ》をうごかして、

「ちょっと、お待ちくださいまし」

と立ちあがり、信吾を玄関に立たせたまま奥へ消えた。

やがて、出てくると、

「どうぞ」

奥で父に相談したのだろう、態度に固さはとれていたが、それでもどこかぎごちないところを隠しおおせていない。

(なにか、あったのだな)

佩刀《はいとう》を右に持ちかえて、信吾がついてゆくと、ちかは奥へは行かず、廊下を右にまわって、道場のほうに案内した。

道場へ出るまでの右側に小部屋があり、用人格の鏑木《かぶらぎ》一斎老人が起居に使っている襖を、ちかはそっと開けた。

「ここですか」

「はい」

廊下に立ってかすかに頭をさげるちのをみて、信吾は立ちどまったまま急に複雑な微笑をうかべた。大ぶりな信吾の顔の造作《ぞうさく》にはおよそふさわしくない異質なかげりが、微笑のひだに立った。

「ちのさん」

「なんでございましょう」

「部屋の中に、人が死んでいますね」

「ど、どうして、そんなことが……」

「わかる」

部屋に入ろうとして、ちのの顔をふりかえりながら、

「私は、これでも、むかし家康《ごんげん》さまが伊賀から召し連れてこられた忍び者の家系の者だ。他のありきたりの旗本御家人の家の子とちがって、幼いころから、父からその陶《とう》冶《や》をうけている。……ああ、血のにおいがする」

暗殺剣

ちのは、暗い廊下に立ってじっと信吾を見つめた。なにか物問いたげであったが、すぐ下唇《したくちびる》を噛《か》んで、強《し》いて表情をころし、低くいった。

「どうぞ、なかへお入り下さいまし」

「御免」

ちのが、すわっている前を信吾が通りぬけようとしたとき、ふと、ちのの表情が崩れて、

「あの……」

「なんです」

「柘植《つげ》さま。あのう……」

崩れた表情の中から、必死の目もとがのぞいた。信吾は、この娘がこんな表情をし

たのを見るのがはじめてだった。

「ちのは、おそろしゅうございます。柘植さま、お力になってくださいます？」

「はて」

信吾はずるそうに笑って、

「あやうく玄関ばらいになりそうになった私にも、力になれることがあるんですか」

からかったつもりだった。しかし、ちのには冗談が通じなかったらしく、急に、冷たいにらむような目にもどって、

「どうぞ」といった。

(怒らせたかな)

信吾は苦笑しながら入った。

あいだに、間《ま》がひとつある。ちのは、開けてくれなかった。やむなく信吾は自分の手でつぎの間の襖をあけると、

「ああ」

と、しきいのそばで膝をついた。道場主の平間退耕斎がすわっていたのである。信吾をみると、子供のようにばつのわるそうな表情をつくって、

「妙な仕儀になった。困《こう》じはてている」

信吾は、退耕斎の膝のそばに盛りあがっているふとんをちらりと見て、いった。

「どなたです」

いいながら、膝をにじらせてふとんの裾をまわり、白布で覆《おお》われた顔をのぞいた。

「ほう、一斎さんなのか。斬られたのですね」

「いや、刺し傷だった。心《しん》の臓《ぞう》をひと突きで仕止められていた」

「傷口を」

信吾が無遠慮にふとんをめくろうとするのを、退耕斎は肘《ひじ》をあげて遮《さえぎ》るようにして、

「さ、さらしで巻きこんである」

「なんとねえ。しかし、町方の検視がすむまで、そっとしておいたほうがよくはなかったのでしょうか」

「柘植どの」

退耕斎は、小さな目尻《めじり》をさげて、哀れみを乞うような、ちょっと見えすいた仕草をした。

「ここは小さくとも刀術の道場でな。その道場で、白昼、闖入者《ちんにゅうしゃ》のために用人格が殺されたとあっては、なりわいが立たない。町方には、だまっているつもりでいる」

「しかし、大家《おおや》にはなんと云いくるめるつもりなのです」

「田原町に懇意な医者がいるんでな。あの男に、なんとか方便を頼もうと思うのだが」

「いったい」

信吾は、兇行の経緯《いきさつ》についてはなにもきいていないのだ。退耕斎の顔から視線をはずして、さりげなく部屋を見まわしながら、

「どうして、こうなったのです」

「わしは折りあしく他行《たぎょう》していた。いまからほんの二刻《ふたとき》まえだったらしい。道場の玄関からいきなり案内も乞わずに入ってきた男があって、鏑木一斎の部屋に入った」

「賊ですか」

「さあ」

「鏑木さんとは顔見知りだったのでしょう。そうでなければ、いくらなんでも、ずかずかと他人の家の他人の部屋に入って行けるはずがない」

「わしにはわからない」

平間退耕斎は、あきらかになにかを隠していた。というより、事件の核心を知られたくない様子だった。信吾はさりげなく、

「鏑木さんは？」

「部屋にはいなかった」

「ははあ」

「戻ってきて、部屋に他人が入っているのを知った。おどろいて騒ぐところを刺されたらしい。一斎の声をきいて、ちのが駈けつけたときは、男は背を見せて部屋からかけだしてゆくところだったという」

「その男というのは——」

信吾は、いいかけて口をつぐみ、つぐんでからまた気を変えて、

「山伏だったのではありませんか」

じっと、平間退耕斎の目をみつめた。なんとなく、あの池田内匠頭屋敷の前ですれちがったあの男の様子が脳裏《のうり》をはなれなかったのだ。

が、退耕斎の顔に反応はあらわれなかった。老人は、口をつぐんだ。目の下にくま

が浮かんだ。黒ずんだしわの中に、いくつもの顔が蔵《しま》いこまれているような、複雑な老人の表情になった。

(この老人、食えないな。……)

そう思いながら、信吾は死人《しびと》の居るこの部屋の沈黙に堪《た》えた。

(変だな)

信吾は、くびをかしげた。変なのは、老人よりもむしろ自分のほうなのだ、とおもったのである。

(どうかしている。おれは、こんなに詮索《せんさく》好きな男だったのだろうか)

退屈なのだ、とは思った。しかし、退屈だけでは説明のつかない何かが、自分をこの事件の中に、惹《ひ》きこんでいっているのを感じつづけていた。

(ひょっとすると、——)

信吾は遠い目をした。

(きょう、鳥越明神横の兄の家を出るときから、こういう事件にまきこまれることを、おれは予感していたのではないか。……)

信吾は、神秘的な空想が好きだった。朝、兄嫁に起こされるときに、ふと夢の残像のように、網膜のなかに水がきらめいているのを感じた。家を出て、甚内橋を渡るときは、その水が河になっていた。橋の下を流れている三味線堀の薄黒い水ではなく、信吾の網膜の中の流れは、はるかに青い対岸の一線を劃《かく》しつつ、天に接続しているようだった。

(なんの夢のつづきだったのだろう)

河は、陽の下で深沈として流れていた。水が、地を覆って満ちていた。そのくせに、流れはおそろしく早く、水面《みなも》に風を起こして、岸に立つ信吾をあやうく水へ引き入れようとした。

三味線堀の、水《み》づらをなめて、風が吹いていた。風に背を押されながら、甚内橋を渡った。この橋を渡って、福井町へ行くことが、その網膜の中の河へ、自分の身を入れてゆくことになる、という実感をもったのは、そのときだった。

「柘植どの」

「は?」

空想から醒《さ》めて、目の前の平間退耕斎を見たとき、信吾の背に小さな戦慄《せんりつ》が走った。

（これが？）

と、信吾は、凝視した。

（たったいままで、ここにすわっていた同じ老人なのか——）

たしかに、老人はいた。

しかし、その老人は、「町内の犬にまで声をかける」という、あの愛想のいい刀術無一流練心館道場主ではなかった。目の二つの竅《あな》がしらじらと信吾を見つめていた。見つめられたその部分が、そのまま凍りついてしまったような、奇妙ないっぴきの生物が、ふてぶてしく信吾の前にすわっていた。

「他言は無用にしてもらいたい」

老人は、唇を動かさずに云った。信吾はだまっていた。不意に、おびえが首すじを冷たくして、消えた。

この瞬間から、信吾はまるでさきほどとは違った国へ、迷いこんでしまっている自分を知った。老人は、その国へ入る入口の大きな鉄の扉《とびら》の前にすわっている番人のような表情をしていた。うかつに返事の口をきけば、そのまま、とんでもない地獄の底へでも落ちそうな気が、ふとしたのだ。

「ここへ招じ入れて、この場の為体《ていたらく》を見てもらった以上は、わしの側《がわ》に立ってもらわねばならない。今日だけではない。あんたのいのちの続くかぎりだ」

「もし、いやです、といったら？」

「斬ろう」

「なに」

信吾は、膝の右においてある佩刀《はいとう》をつかみかけたが、あやうく笑顔をつくって、

「ご老に斬れればね」

「造作《ぞうさ》はない」

「ふ」

信吾は声のない笑いをたてた。老人を冷笑したのではなく、どうみても、技倆《ぎりょう》の差がひどすぎるように思ったのだ。老人の無一流などは、どういう伝承の流儀なのかも聞いたことがないし、第一、他流仕合の男がとびこんでくるごとに、自分か、駒形町《こまがたちょう》に住む浪人剣客高力伝次郎《こうりきでんじろう》という男に頼みにくる程度の実力では、たかが知れているようであった。

「そのかわり」

老人が聞きとれぬほどのひくい声でいった。

「わしの側に立ってくれれば、金を差しあげよう」

「金を？」

信吾はおどろいた。金ほど、この老人にとって無縁のものはないと思っていたのだ。

「ふむ、百両でもいい。もし入用なら、千両でもかまわない。いつでも、ほしいだけ差しあげよう。聞くところでは、ほうぼうに女出入りがあって、そのほうの要り目《いめ》がないというわけでもあるまい」

信吾は、返事をせずに、鏑木一斎という用人格の死体に目を落した。

この町道場の用人格の死によって、町人たちの平和な営みで明け暮れているこの浅草福井町の一角に、ぽかりと黒い洞穴《ほらあな》ができたような思いがした。その洞穴は、富士の風穴のように、地の底のどこまでつづいているか見当もつかないものであった。

わかっていることは、

(この平間退耕斎という無一流の道場主は、とんだ食わせ者らしいということさ。

……それに)

鏑木一斎の変死を、町役人に知られたくないのは、道場主としての面目問題ではなく、この死には特異な背景があるらしいこと。退耕斎も一斎も、またちのでさえも、それらは世をしのぶ仮の姿で、それぞれ、意外な正体をもっているかもしれないこと、などであった。

（面白くなってきた。……）

信吾は、顔をあげた。

「断わろう。金のことはね」

「なに」

退耕斎は、灰色の目をひらいた。

「ただし、今日のことは一切口外はせぬ。私を何かに役立てたいようだが、それもことわろう。私は二本の足で立っている。たれのくさりにもつながれたくはないからなあ。ただ、柘植信吾の二本の足が、求めてご老の手の内に入ってゆく場合はべつですぜ」

いったん、鳥越明神横の兄の家にもどってから、夕方になって町へ出た。出しな

に、兄嫁の律が、からかうように、

「こんどは、露月のお勢以さんなのね」

といった。こんどとは、ちのつぎは、という意味だろう。

「いや」

信吾は赤くなってから、赤い顔の裏っ側でお勢以の白いからだを思いだし、そのくせ、

(あいつとは、できてしまったが、互いに色恋で結びあっているわけじゃない。何でも話しあえる友達なのだ)

と思っていた。げんに、今日のひる、練心館道場で目撃した奇譚《きだん》を、お勢以にだけは話しておこうと思ったのだ。

「今夜は、戻らないかもしれません。兄上の手前を、よろしく繕《つくろ》っておいてください」

「はい」

「ちょっと相談事があるものですから」

「はいはい。夜っぴて、ご相談なのね」

律は、鼻の頭にしわを寄せて笑った。相変らず、しつこい。若い義弟をからかうことで、なにか、からだの内側で快感のくすぶりを感じているような、そういうからみ方だった。

浅草瓦町《かわらまち》の「露月」に行ってみると、あいにくお勢以がいなかった。お勢以が使っている小女《こおんな》の話では、三島門前の親戚《しんせき》に不幸があって、ひるから出かけたまま、まだもどっていないという。

「お愁《しゅう》傷《しょう》さま」

小女が、土間の客に聞こえないように、低声《こごえ》で耳うちすると、くすくす忍び笑った。

「三島門前がか？」

「いいえ、信さんが」

この店では、小女まで信吾を心安だてに信さんとよぶ。

帰るまで待とうと思って、土間で町の者とまじりながら、銚子《ちょうし》を二、三本空けてみたが、すこし退屈になってきて、もう一度、小女をよんだ。

「町木戸が閉まるまでには戻るだろう」

「それあね」

「それまで、すこし夜風に吹かれてくる」

「提灯《ちょうちん》は?」

「月があるようだ」

信吾は、「露月」を出た。

信吾が戸を閉めて出たあと、あわてて立ちあがった客があった。店では新顔の客で、堅気ふうではない。年はやや食っているが、目つきの悪さや口許《くちもと》の卑しさからみて、小女は下っ引かもしれないと思った。所の者ではなかった。

信吾は、ぶらぶらと瓦町から旅籠《はたご》町一丁目の町並をあるいて、大川端《おおかわばた》へ出た。前に洲《す》があり、すぐ右手に両国橋が、月の下の川波に濃い影を落していた。

わずかな空地があった。昼間は近在の大工の仕事場にしているらしく、材木が積みかさねられていた。信吾は、露をはらって、その材木に腰をおろした。

(あれだけじゃあ、なんのことだかわからない)

昼間の知識の整理をしてみるつもりだった。

(——下手人を)

信吾は、あのときの平間退耕斎の様子を思いだそうと努めた。

（たしかに老人は知っているような様子だった。とにかく、物盗《ものと》りや怨恨《えんこん》といった通り一ぺんのものではない）

そこまで考えたとき、信吾の体は材木置場からはじけるように暗い地上へとんだ。うしろから、気配を消してやにわに斬りつけてきた影があったのだ。

「人違いするな。おれは柘植信吾という者だ」

影は、だまっていた。周囲を見まわすと、影は一つや二つではなかった。

（妙な日だ。こんどはおれが斬られる番か）

信吾は、立つことをやめた。伊賀流の刀法を伝える柘植家の子として、信吾は、夜《や》陰《いん》、数人の者から太刀を受けるとき、居合以外の姿勢をとってはならぬと教えられてきた。高い姿勢では夜目《よめ》がきかないからだろう。信吾は、ふっと身を沈め、左膝を土について、ゆっくり鯉口《こいぐち》をきってから唾《つば》を吐いた。

蓮の音

ベッと、暗い土のうえに唾をはいたのは、

(おれは生きるぞ。容易にあ、死なねえぞ)

という凄味《すごみ》を、自分にいってきかせたつもりなのだ。

柘植信吾は、刀術には自信はあったが、それは竹刀《しない》や木刀をふりまわしただけのことで、いくら家禄は少なくても、筋目だった家の子だから、人を斬るような無法は働いたことはない。

(おれに、人が斬れるかな?)

疑惧《ぎぐ》はある。

おそれもあった。

その証拠に、膝をついて居合に構えている背から脇腹にかけて、汗が噴くように流れていた。

　しかし、一面、

（面白い。おれも武家《さむらい》の子だ。めったと、人を斬れるような機会に恵まれるもんじゃない）

　残忍といっていい不敵な、よろこびがあった。信吾は、見まわした。

　月が、材木の山の背を照らしている。川を、潮があげているのだろう。

　潮《しお》のにおいがした。

　刺客は、四人いた。

　信吾は、月を背にしたまま地にうずくまって動かない。刺客の影に、あせりがめだちはじめた。

「斬れ」

　材木置場のそばにいる男が、声をおさえてするどくいった。

　信吾は、夜目になれてきた。その男の輪郭をみたとき、おや？　とおもった。

（あのときの山伏だな）

　池田内匠頭の屋敷の前で遭《あ》った、顔の大きな、目の小さい山伏だった。

（あいつだ。一斎殺しの下手人に相違ない）

信吾はそう思っている。べつに何の確証もないし、連想にはずいぶんと飛躍があるのだが、山伏の路上での挙動が、無一流道場練心館の用人格一斎の横死《おうし》とむすびついて信吾の脳裏をはなれない。

右側の影がうごいた。

（あれが来る。……）

そう目星をつけつつ、むしろ左側の影に警戒した。左側の影が妙に気になるのは、刀を抜かずに左手を懐ろに入れて、ずしりと影を落している様子が、いかにも出来そうだったからだ。

右側の男が、つつ、と足を踏み入れてきた。信吾は、思わず身の内を固くした。

（おい、信吾、蓮《はす》を思え。……）

信吾は、あわてて自分にいいきかせた。

蓮を思え、とは、亡《な》くなった父がおしえてくれた言葉である。

田宮流抜刀術の妙手だった亡父柘植与左衛門《よざえもん》は、晩年になって自分でいろいろと工夫を加えていたらしい。

少年のころの信吾に抜刀術を教える一方、蓮の花の季節になると、まだ未明のうちからかれを近所の西福寺に連れて行って、境内の蓮池のふちにすわらせた。

「居合に構えてみろ」

信吾は、父のいうとおりにした。

「蓮が鳴る寸前に刀を抜くんだ」

（え？）

最初は、信吾はなんのことかわけがわからずに父の顔を見あげた。

「音を斬れ」

「わかりませぬが」

「蓮の音を、真っ向から両断するんだ」

「わかりませぬ」

「ばかめ。……しかし、なあ」

父は苦笑して、

「こいつは、わしが晩年になって、やっと工夫しえた修業法だ。弱年ではむりかもしれない。まず、わしのするのを、そこで見るがいい」

与左衛門は、膝をたてたまま、居合刀のつかに手をかけ、目をつぶった。そのままの姿勢で、塑像《そぞう》と化したように一刻《にじかん》もうごかなかった。

蓮は、払暁、花をひらくときに、澄んだ丸味のある小さな音を発する。

それを待つのだ。

しかも、音を発する未然に刀を鞘走《さやばし》らせて音を中空に討つというのである。

「これが居合の極意だ。居合は、こちらから仕掛けずに、相手の仕掛けを待つ。つまり、つねに未然なるものを待つ。未然なるものが動く兆《きざし》を察して刀を抜き、その動きを中空で断つことだ」

その日は、ついに花の音を聞けず、与左衛門はむなしく姿勢をくずした。

翌日もむなしかった。

十日を経て、はじめて与左衛門の刀が中空にきらめいた。

信吾は、目をみはった。斬られたのは音ではなく、まざまざと、丸い物体が中空で二つに断たれて地に落ちたような気がした。

「わかったか」

「はい。なんとなく」

信吾は、幼心《おさなごころ》にも、おぼろげにそれがわかった。この修業法は、音を斬るのが目的でなく、音の発する寸前を悟るのが目的であった。

「あすから、ひとりでやるがいい。そうだ、十年という歳月を課そう」

父は、去年死んだ。信吾は、いまでも夏になれば西福寺の蓮池のふちにすわる。構えたまま、目をつぶる。

目をつぶった当初は、雑念が満ちている。しかしここ四、五年は、ほんのわずかな時間で、そうした雑念が払えるようになった。ひたすら、まぶたの中で蓮のつぼみを念じつづけるのだ。やがてそのつぼみも消え、無想の境地がひらけたとき、信吾の体は蓮池のあるこの天地のなかに溶け入り、万象の根元《こんげん》に身をひたしつつ、その動きを、未生《みしょう》に察することができるようになった。蓮が、花をひらこうとする。反射的に信吾のからだが緊張するのだ。音がころころと空に舞いあがったとき、すでに両断されて、信吾の刀は鞘のなかにあった。

「ぎゃっ」

信吾は、一瞬、呆然《ぼうぜん》とした。

忍び寄った右側の影は、胴を両断されて、信吾の横に血を撒《ま》いていたのだ。

（おお。蓮の音を、斬ったぞ。……）

はじめて人を斬った。しかし、信吾にすれば蓮の音を斬った実感しかなかったのである。

左側を見た。

見てから、あっと思った。

「これあ」

地上からねめまわすように見つめつつ、

「駒形町の高力伝次郎さんじゃないか」

男は、黒い布で面をおおっていた。しかし背が高く肩幅の異常に張ったその輪郭は、顔をみなくても、それとわかった。

高力とよばれた男はあきらかに狼狽した様子だったが、やがて作り声とわかる声で、

「ちがうな。お気の毒だが」

落ちついていった。

「どっちでもいいさ」

信吾は冷たく笑いながら、肚《はら》の中で、

（おれの目に狂いがあるもんか）

と思った。

駒形町に住む高力伝次郎は、大和郡山《やまとこおりやま》の浪人だという。小野派一刀流の使い手で、平間退耕斎の道場練心館には、信吾と同様、頼まれてときどき代稽古にやってくる。

（いやなやつだ）

顔を合わせることも少なかったし、会っても言葉をかわすこともなかったが、色白ながら皮膚になめしたような不潔なつやがあって、信吾が黙礼しても、ときに答礼もしないくせに、ちのを見ると、ちののからだをなめるような目で微笑を送ったりする。

（こいつが、なぜ、おれを斬る仲間に入ってるんだろう）

わからない。

わからないことばかりだ。

確かなことは、自分が、わけのわからぬままに、なにか複雑な事件の渦中《かちゅう》に、置かれてしまっていることだけだった。

（どうやら、練心館で死人を見てしまったのがいけなかったらしい）

「うぬッ」

高力らしい男が、上段から斬りおろしてきた。そのあまりのすさまじさに、信吾は居合を使えず、白刃を避けるために、地を蹴《け》ってごろごろと転がり、起《た》ちあがると同時に、刀を抜いた。そのとき、山伏が、

「退《ひ》け」

と命じた。高力らしい男は、不服そうに、

「こいつが……」

と、信吾のほうをあごでしゃくった。顔を知られた以上は斬ってしまおう、というのだろう。山伏は、馬鹿、とののしった。

「定町《じょうまち》がくる」

なるほど、材木置場のむこうに、提灯がみえた。

三つの影が消えた。

信吾に斬られた死体だけが残された。

（おれも消えるか）

役人などにかかわりたくなかったのだ。信吾は、ゆっくりと男の着物で、刀の血のりをぬぐった。

「……という次第なのだが、なんのことだか、おれにはさっぱりわからない。お勢以はどう思う?」

「露月」の二階で、寝酒をのみながら、信吾はお勢以にたずねた。

「そうね。……」

お勢以は信吾の袴《はかま》をたたんでいる手をとめて、しばらくだまった。美人ではなかったが、清潔なうなじをもっていた。

年は二十四で、信吾とは同いどしの、もともとは幼友達だった。

信吾は覚えている。幼いころ、家人の目を盗んで、ともすれば町へ遊びにゆこうとする信吾を、父や兄がきびしく叱って、

「侍の子は、道で遊ぶんじゃない」

といった。叱られると、いっそう遊びに出たくなった。町には子供の夢でいろどられた極彩色の世界があるような気がした。

ところが、やっと家を抜け出て、辻々《つじつじ》を歩きながら、子供が集まっている場所へ寄ってゆくと、こんどは町の子らが薄気味わるがって、仲間に入れようとはしなかった。信吾も不器用に腕組をしたまま立っている。たしか、七つか八つのことだろう。そうしたある日、女の子のくせに大将きどりをしていたお勢以が、自分たちの遊びの群れから抜け出てきて、信吾のそばへきた。

「おはいりよ」

白く睨《にら》むようにいった。

信吾はおどろいた。なんと、高圧的なもののいい方をする女の子だろう、と腹がたってだまっていると、怒っているのは、向うが先だったらしく、

「あたいたちは、お猿や犬じゃない」

といった。

「え?」

「見せ物じゃないというのよ。そこんとこで立って見ていられると、気づまりであそべやしない。……おはいり。ね」

語尾のほうはやさしくなった。

一緒にあそんでみると、よく気のつく、気持のあたたかい子だった。すぐ、子供たちのあいだで囃《はや》したてられるほどに、信吾とお勢以は仲よしになった。

年ごろになってから、お勢以は、いくつかあった縁談をことわった。信吾がきくと、

「お父っつぁんが遺《のこ》してくれたこのお店を、ちゃんとしたものにしたいから。――それに、お店めあての養子なんてのもいやだしね」

と笑った。気性者のくせに、お勢以は笑うといつも淋《さび》しそうな笑顔《えがお》を作った。信吾は、その淋しそうな微笑のかげから、お勢以がじっと信吾を見つめているような気がした。

「信さんこそ、はやく御新造様《ごしんぞさま》をもらわなくちゃ」

「まあね」

そのつど、信吾はそんな苦笑でごまかしてきた。じつのところ、お勢以とこうした話題をかわすのが、信吾はにが手だったのだ。

信吾は、お勢以がすきだった。しかし、あまり幼いころから近しすぎて、お勢以をあらためて、女として見直そうにも、見直しようがなかった。

お勢以のほうはちがっていたらしい。お勢以のふとした視線に、信吾がはっとすることがあった。しかし、お勢以は賢くそれに堪えていた。

(どうせ、信さんの御新造にはなれっこないんだもの)

柘植家は、江戸城の下男頭《げなんがしら》という職名だ。そういう家禄の薄さで、分家などはむろんできっこないし、信吾のような次男坊は養子にゆくしか手がない。いずれにしても、町そだちのお勢以が身を入れてゆく余地のない身分だった。

信吾とお勢以に、体のつながりができたのは、去年の春の宵だった。

練心館の代稽古でもらった謝礼をふところに入れて「露月」へゆくと、お勢以は、

「信さん、今夜は馬鹿陽気ね」

といった。信吾は「なあに」と笑い、

「深川の仲町へでも行こうかと思ってね」

と、心にもない冗談をいった。実をいえば信吾は、そういう岡場所へ、行こうとも思っていないし、行ったこともない。ところが、それをきいて、お勢以は表情を固くした。

「信さん」

いいかけて、お勢以は看板まで、あとの言葉を黙っていた。

店を閉《し》めてから、信吾を二階へあげた。お勢以の居間だった。女住いらしい調度をじろじろと見ている信吾の手を、お勢以はそっと取って、

「信さん、酔っている？」

「いや」

「正気ね。じゃ、あたしの目をじっとごらんなさい。――泣いているでしょ？」

「うん」

「なぜ泣いているんだか、あたしは自分でもわかんない。ただわかってることは、信さんが仲町なんかに行っちゃ厭《い》や、ということだけ。それあ、若い男の子だから、そんなとこへ行きたい気持、お勢以にはわかるけど」

「いや、おれはべつにそんなとこへ行きたくないんだ。不案内だから、少々、こわいしね」

「信さん」

「なんだ」

「お勢以も女よ」

お勢以の目が、暗い行灯《あんどん》のあかりできらきらと光った。あとにもさきにも、お勢以が信吾に涙をみせたのは、このときしかなかった。

「今夜は、お勢以を信さんにあげる」

いってから、お勢以は急におえつをもらした。それでも視線を信吾からはずさず、じっとみつめたまま、顔を涙でくしゃくしゃによごした。

信吾との最初の夜が終わってから、お勢以は信吾の厚い胸の下で小さくいった。

「こうなっても、信さんとあたしは、むかしどおりのお友達よ。お友達だけのことで、それ以外はなんにもない。……」

「どういうことだろう」

「べつに御新造様にしてほしい、ともいわないってこと。お勢以は、たれによりかからなくても、お店のおかげで、ちゃんと二つの足駄で世間で立っていられますからね」

「くるしいだろうな」

「なにが？」

「いや」

信吾は、言葉をにごした。べつに深いわけもない。お勢以のような女は利口でけじめがつきすぎるだけに、それだけにきっと苦しみが多いだろうと思ったのだ。

それから一年たった。

お勢以は、信吾の袴をたたみおえると、

「信さん、これは大変なことになるわ」

「なにか知っているのか」

「うん」

お勢以は、この町の育ちだけに、練心館道場のあやしさについて何かを知っているらしい。

練心館の秘密

お勢以は、目をほそめた。茫《ぼう》っと遠くをみる表情をして、

「あれは、十五年前だったかしら」

といった。信吾は、思案するときのお勢以の表情を、いつも美しいとおもう。

「信さん、お酒は？」

「もう、いらない」

「そう」

お勢以は思案している。

「ああ、思いだした。あたしの九つの節句の日だったわ」

「お勢以」

「え？」

信吾は、それまで空《から》の銚子をなでていた手をつととめて、口をつぐんだ。行灯のくらい灯影《ほかげ》に、信吾の目があった。お勢以がおもわず、声をのんだ。けものに似た目だった。

「どうしたの？」

利口な女なのである。声には出さず、目顔でたずねた。信吾も目顔でうなずき、うなずいたままの視線を、床ノ間にたてかけてある佩刀のほうへ移した。お勢以はそれとさとって、そっと刀をとり、信吾に手渡した。

気配を嗅《か》いだのだ。

たしかに、どこかで人が聞き耳をたてている気配がした。

(天井かな。……)

信吾は見あげた。どうせ安普請《やすぶしん》なのだ。粗末な杉板が張られてあり、行灯のまるい灯影が菊の形に浮き出ていた。そのたえずゆらめいているのが、まるで夢の中の風景をみているような、あやしい美しさがあった。どこかから、風が吹きこんでいるのだろう。

(まさか、あの粗末な天井に人は忍べはすまいな)

と思ってから、信吾は目のさめるような思いで、

(しかし、なぜだろう。おれは、襲われたり、窺《うかが》われたりしなければならないのか。……)

「もういい?」

「ああ、続けていいよ」

低く云って、信吾は、そのままの姿勢でわずかに腰をうかし、両掌《りようて》で上体を漕《こ》ぎつ

つ、すこしずつ部屋の中を移動しはじめた。

その動きを、お勢以は、うまれてはじめて目にした生きものでも見るような目でながめていた。

(ばか。……)

信吾は眉《まゆ》を寄せて、いらだたしくあごをしゃくった。

「話をつづけていろ」

「うん」

さすがに、こわくなったのだろう、大いそぎで襟元《えりもと》をかきあわせてから、

「それでね、そっと尾《つ》けて行っちゃったの」

「たれをだ」

「その気味のわるい人のあとを、よ。そのひとの目は、白目ばっかり。よくみると、ちゃんと瞳はあるの。だけど、灰色なの。はじめ、おばけかとおもった」

「すこし、落ちつくがいい。話が前後してるんじゃないか」

「うん。そうかな」

お勢以の瞳孔《どうこう》が、信吾の奇妙なうごきにつれて、落着きなく動いている。なんとな

く、この静かさがこわいのだ。

（つづけていろ。――）

信吾は、目顔でしらせた。

お勢以は、こっくりした。

かの女の話というのは、こうである。

お勢以の記憶でいえば、嘉永五年の三月三日ということになるだろう。

午後、お針のお稽古に行った帰りに、瓦町の木戸のあたりで、二人の異相の男をみた。男たちは、浅草御門の前の通りを、福井町一丁目のほうへ、ゆっくりとまがってゆくのである。

妙なことだが、真昼の町でも、一年に一度ぐらいは、あるいはそういう深夜のような瞬間があるのかもしれなかった。人通りがなかったのだ。犬でさえ、姿をみせることをはばかっているようだった。ほんのみじかい時間、町は、完全に死に絶えていた。

お勢以は、その静かさの中で、足がすくんだ。家並の中では、人々はいつもの暮らしをつづけているはずだった。しかし、お勢以の記憶のなかでは、家並の中の人でさえ、たとえば指物師《さしものし》はかんなをかけている姿勢のまま凝固し、質屋のあるじは、質草を調べているその姿勢のまま、この瞬間、息をとめてしまっていたようにしか思われなかった。

だから、あとで、このとき見た人間のことを町の者に語っても、たれも笑って取りあってくれなかった。

(ふふ、やっぱり九つになっても寝んねだなあ。お勢以坊は、真っぴるまでも夢をみるのかね)

お勢以を可愛がってくれていた町内のかしらまでが、太い指でおでこをはじいてからかった。お勢以は、くやしかった。しかし、みんなが、あんまりそう決めつけるものだから、時がたつにつれて、

(そうかしらん。……)

と思うようになった。

(やっぱり、夢だったのかしらん)

と、だんだん自分の記憶に自信がなくなってしまっていた。

——そうだ、お勢以の記憶の中では、ふたりの男は、版木で写したように、そっくり同じ顔をしていた。

大きな男だった。白っぽい目をして、灰色の瞳をうごかさずに歩いていた。どちらも、鼻を烏《からす》のくちばしのように突き出し、うすい唇を、舌で濡《ぬ》らしながら歩を運んでいた。

こういう顔を、お勢以はよく話できいてはいた。長崎にいるという和蘭陀人《オランダじん》がそうなのだろう。しかしお勢以には、唐人《とうじん》とはおもわれなかった。総髪に垂らした髪は十分に黒かったし、それに、皮膚は話できく桃色ではなく、河岸《かし》で働いている人夫とかわりがなく浅黒く日焼《ひや》けしてすすけていた。

男は、ふたりとも、修験者《しゆげんじや》の風《ふう》ていをしていた。戒刀《かいとう》を佩《は》き、柿色《かきいろ》の袈裟《けさ》に鈴掛《すずかけ》をつけ、ひたいに兜巾《ときん》をつけていた。どこからみても、そのなりだけは、ただの山伏だった。

お勢以が最初、あっと声をのんだのは、かれらの行装《ぎようそう》と顔かたちが、物語のなかにのみ棲息《せいそく》しているとおもっていた天狗と、そっくりだということだった。

天狗が、往くのかとおもった。事実、天狗そのままだった。

二ひきの天狗は、その魔術で町の動きを停止させたまま、無人の国を往くように、ゆっくりと歩を運んでいた。

お勢以は、あとをつけた。この町のなかで、お勢以だけがその魔術にかかっていないのは、自分が子供だからだろうとおもった。

福井町二丁目にさしかかってから、お勢以は、

「あ」

と小さく叫んだ。

あわてて、あたりをみた。

天狗が、消えてしまったのだ。

(なあんだ。……)

つぎの瞬間には、そう安堵《あんど》した。そばに、工事をおわったばかりの、小さな町道場ふうの建物があったからだ。天狗は、そのなかに入ったに相違なかった。

それが、その後、数日たって看板をかけられた刀術無一流道場練心館であったのだ。

道場といっても、棟《むね》つづきの長屋をいく軒かつぶしただけのことで、外観はほとん

どもとの長屋とはかわらなかった。格子戸《こうしど》が、わずかにあいていた。お勢以は、その隙間にあたまをさしこみ、つづいて、体を入れた。

木屑《きくず》のにおいがした。道場のゆかはまだ出来ていなくて、土がみえていた。お勢以は、その土のうえに降り、そのまま背をかがめて、部屋々々のゆかの下を這《は》った。

「しかし、信じられぬ」

急に、そんな言葉がゆかの上からふってきた。

お勢以は、身を固くして、息をころした。

「幕閣《ばつかく》を？」

「そうじゃ。幕府を頼って救いをもとめるのはよい。隠し国の安堵をもとめるのはよい。しかし、この話をきいて、幕府そのものがわれわれの国に野心を起こしたとすれば、どうなる。いや、それよりもさきき、幕閣の役人が邪心を起こさぬともかぎるまい」

どの地方のなまりだろう。お勢以は、長じてから、記憶のなかにあるこのなまりが、紀州の新宮《しんぐう》からくる回船《かいせん》の水夫《かこ》のことばにいちばん似ているように思った。

幼いころの記憶というのは奇妙なもので、このときのことばのなかのなまりはおろか、語気のはしばしまで、あたまの内側に掻《か》き傷《きず》をのこしたような明瞭さで、おぼえている。

「やすらいの里の秘事は」

詰問されているらしい別の男がいった。

やすらいの里とは、聞きなれぬ地名で、お勢以はいまだにどこの国にあるのかは知らない。

「むろん、わしとて、たやすうは明かさぬわい。しかし、紀州藩が、うすうすやすらいの里のことを気付きはじめている折り柄、こちらとしても、いずれは幕府に保護をもとめねばなるまい。要は、時期と人じゃ。わしはそれを気永に江戸で待つ。……」

そのしわがれた声は、これもあとで思いあわされたことだが、道場主平間退耕斎のそれに酷似していた。

そのあとの話は、覚えていない。ただ、かびくさい床下の土の湿《しめ》りの匂いだけをおぼえている。このことを思いだすたびに、お勢以の記憶は、その土のにおいとともによみがえるのが常だった。

急に、足をつかまれて、ずるずると外へ引きだされてきたとき、お勢以の目の前に、あの山伏の大きな顔があった。

「しゃっ、小娘だったのか」

その山伏は、ひとりしかいなかったが、手近にたれかがいるらしく、相談するような口調で、

「聴いていたらしい。縊《くび》ってしまうか」

言うなり、お勢以のくびを両手でおさえかけた。それまで何気なくここまで行動してきたお勢以は、はじめてこれが死につながるほどの行為だったことに気付いた。気付いたとき、

「ぎゃっ」

と叫んだ。体全体で泣きはじめた。

「よせ、子供を」

別の男が云ってくれたらしい。

「菓子でも与えて追いだすがよい。遊び場所をまちがえたのだろう」

お勢以は、夢中で、真昼の町へ出た。だが走っていた。人通りが絶えずあった。酒屋の小僧が、樽《たる》を打っていた。いつも遊びなじんでいる自分の町内に相違なかった。

「天狗さまだったのかもしれない」

お勢以は、異相の男を見たという話は大人たちや遊び仲間に伝えたが、その奇妙な男たちが、練心館道場で、道場主らしい老人をかこんで話していた内容については、ついにたれにも語らなかった。語れば、どこからともなく天狗が訪ねてきて、あのときのような無造作さで自分を縊りころすかもしれぬという恐怖がたえずあったのだ。

「なるほどね」

信吾は、お勢以の最後の言葉にうなずきおわったとき、障子をひらけば、そこに階段がある位置にまで身を移していた。

「信さん、お酒は？」

「もういい」

「だって、まだ二本しか空けていないじゃないの」

「いいよ。これ以上のむと、なんだか、女に養われてるひもみたいでいやだからな」

「ふうん」

お勢以は目をあげて、

「じゃ、お銚子二本までならいいというの？」

視線は真っすぐに信吾の顔に当てながら云った。信吾は、なんとなく目をそらしながら、

「いいとはいわないがね」

笑ってみせた。

「まあ、二本ぐらいなら、どこへお客に行ってもそのくらいは飲むだろう。ひもだとしても糸ほどの細さだ。三本以上になると、そうはいかない。女に稼《かせ》がせて、長火鉢のそばでやにさがっている心境になるからな」

「妙な理くつね」

「妙かな」

「妙だわ。信さんていいんだけど、あたし、もうせんから、そんな理くつやけじめを考えだす所が厭やだと思ってたわ。厭やね。どちらかというと、あんたのそんなとこ、だいきらい。……」

お勢以という女は、どんなときでも怒った顔をみせたことがない。ただ、じっと相手の目から視線を離さずに、冷たいほどの口調で静かにいうのだ。

「おかしいね」

「おかしかないわ。要するに、あたしとの関係《つながり》をこれ以上深めたくないのね。考えてみれば、信さんとあたしは、ずいぶん妙なつながりだもの。──お内儀さんではないでしょう？　かといって、お妾《めかけ》さんじゃないわ。信さんからびた一文もらってないんだから」

「またこっちはびた一文もないしな」

信吾は、くすくすと笑った。笑いながら、われながら、自分がずるいと思った。

「わらわないで」

「ああ」

「お妾さんじゃないとすると、信さんは情人《いろ》ってことになるでしょう？」

「まあそんなことになるかな」

信吾は、またあいまいに笑った。

「気に入らないご様子ね。部屋住みとはいえ、痩《や》せても枯れても、天下の御直参《ごじきさん》が飲み屋のおかみ風情《ふぜい》のいろじゃかわいそうだもの」

「そう身もふたもない云い方をするもんじゃない」

信吾は、小柄《こづか》の刃を指の腹で撫《な》でながら、お勢以には子供のころからかなわなかったな、とおもった。

「だってそうでしょう。お銚子二本ならお客で、三本以上ならいゝろだなんて、そんな変な理くつ」

「ひもだと云ったよ」

「どっちでもおンなじだわ。わたしは、それでいいのよ、いつまでもいままでどおりでね。そう、ちょっぴり体のつながりのある幼友達ということでね。いゝろになってくれとか、お内儀さんにしてくれとか、いわないわ。――だけど、あたしは、そうね。ほんとうは悲しいんだけど。だけど仕方がない。信さんはお侍だし、あたしのような身分の者が信さんにくっついていようと思えば、こんなあいまいな関係のほかは仕様がないもん」

「こまったなあ」

「いいの。べつにこまらなくていいの。ただちょっと、いじめてやりたくなっただけ。――だけど」

といいかけたお勢以を、信吾は目顔で制して、やにわに後ろ手で障子をはねあけ、梯子段《はしごだん》のおり口に立った。

「おい」

たれに云ったのか、ひと声みじかく叫ぶと、右足をあげて一気に梯子段を蹴りはずした。

退耕斎の正体

信吾が蹴りはずした梯子段は、すさまじい音をたてて二階のおどり場からはなれ、どうと向う壁に倒れかかった。暗い音がこもった。雨戸をたてきっていたせいかもしれなかった。

それにつれて、信吾の足の下に、まるで家が割れたように、大きな空洞《くうどう》が口をあけた。

——信吾は目を細めて、それをみた。向う壁に倒れかかった梯子段の裏に、小さな人影が、蜘蛛《くも》のようにはりついていた。

はりついた影は、うごかなかった。

信吾は、右てのひらに小柄を埋《うず》めたまま、息をころした。

相手も、信吾の出方をまっているのだろう。また動くにも動けるすべがないらしい。うかつに動けば、それにつれて信吾の小柄がとぶ。それを察するだけのものを、体に備えた男であるはずだった。

「利口だな」

信吾はほめてやった。

黒い蜘蛛は、だまっている。

「お勢以」

信吾は、部屋のなかへふりかえって、

「あかりをもってこい。あいにく暗くて、客の人体《にんてい》がみえない」

「あら」

お勢以の静かな声がもどってきた。

「有明《ありあけ》行灯しきゃないわ」

（あいかわらず、落ちついた女だな）

信吾は感心した。

お勢以が、ゆっくり立ちあがる気配がして、あかりが近づいてきた。

「待て」

そのときはじめて、人影が、はりついたまま、うめいた。あかりに曝《さら》されるのをきらったのだろう。

「おや。口がきけるのかえ」

わらいながら、信吾は、

（この男、忍びだな）

と、舌を巻くような思いで、その影をみつめた。

「頼む。べつに害意はなかった。なるほど、おぬしの様子はうかがった。しかし、忍びきいた話をどこに密告するというわけでもない」

「あたりまえだろう。おれとお勢以の話に、値いなんぞついてたまるか。しかし、お前という男は、ふしぎだねえ。売るあてのない盗み聴きのたねを、お前さんはどうするつもりだったんだ。まさか、道楽じゃあるまい」

「ま、まってくれ」

信吾が、お勢以から有明行灯をとろうとしたからだろう。明るくなった。男がもだえた。

「け、消せ」

男がいった。

暗い行灯のほあかりのむこうに、男の輪郭がぼんやりみえた。ちょうど、はりつけになっているような恰好《かっこう》だったが、装束《しょうぞく》、人体まではわからなかった。顔は覆っていないようだった。

「信吾」

信吾ははっとした。声を、聴いた覚えがある。

「お前も、御直参とはいえ、むかし伊賀からきた忍び者の家の子だ。忍びのことは死んだ父親の与左衛門から聴いて知っていよう」

(こいつは父の名を知っている。……)

信吾は、おどろいた。

「わしは観念している。お前は、そこで小柄をつまんでいるらしい。どこを刺してわしをここから落そうと、お前の意のままでよい。しかし、あかりにだけはこの姿を曝すな」

「お勢以」

信吾はうしろへいった。

「消してやれ」

「いいの?」

お勢以は、さすがに心もとなげだった。

「相手は、これでも客人のつもりらしい。客人の望むとおりにしよう」

「ついでに」

はりついた影がいった。

「その小柄も仕舞《しも》うてもらいたい」

急に相手の声が変わり、声だけではなく、言葉に、くせのある上方なまりがでた。

信吾は、あっと声をのんだ。

「そうか」

「いかにも、そうよ」

影がわらった。

「なぜ、あなたが、ここに？」

驚きが、信吾の声を間抜けたものにした。

「わしかね。まあ道楽に似たようなものだが、この当人にすれば大真面目なことなのだ。——柘植さん」

そんな言葉づかいになった。

「二階の座敷へあげてもらえないかね。ゆっくり話してみなければわからない。せっかくのところを、お邪魔だろうが」

「邪魔ではないが。——いったい、どうするんだ」

「まず、ここから手を放して落ちる」

「それで？」

「お勢以さんの」

「あなたは、そんな名前までご存じなのか」

「ああ、よく調べてみたつもりだ。とにかくお勢以さんの伊達巻《だてまき》でも垂らしてもらいたい」

男は、手を放した。梯子段の裏は、小さな行灯部屋になっている。男は、落ちた。落ち方はぶざまだったらしく、行灯をいくつか踏みこわした音がした。お勢以は、信吾のうしろで、眉をひそめた。

信吾は、ふりかえって、

「その帯は、解けないのか」

「いやだわ」

お勢以にすれば、夜盗に忍びこまれて行灯を踏みつぶされたうえ、伊達巻まで貸すのが業腹《ごうはら》になってきたのだ。

「信さん」

袖《そで》をひいて、低声で、

「あたし、自身番へ行ってくる」

「冗談じゃない。あの人はちがう」

その男は、下で帯の垂れてくるのを待っている。

「あんた、どの町をほっついてあんな人と仲間になってきたの。仲間なの」

「仲間じゃないがね。しかし、おれの先祖は夜盗の術で家康様に仕えていたようなものだから、まるっきり、不縁なもんじゃない」

「たれ？」

「それより、早く帯を貸してやれ、かわいそうに、下で待っている」

お勢以は、たんすから伊達巻をとりだしてきて、信吾にわたした。信吾はそれをほうり投げながら、

「派手な柄《がら》だね」

「だけど、聴かれちゃったなあ」

お勢以には、そのほうがよっぽど口惜《くや》しいらしい。

「なにが？」

信吾は、手応《てごた》えをたしかめながら、訊《き》いた。

「信さんは平気なの？　痴話《ちわ》げんかよ」

「おれも、いやだな。人間がえらそうな顔をして道をあるけるのは、そんな裏っ側のことを他人に知られてないと思ってるからだ」

信吾は、帯をもつ手に力を入れて、

「だけど、そのあとのことまで盗み知られなくて幸いだった。知られてしまえば、こ

の帯のはしにぶらさがっている老人に一生、頭があがらない」

「老人？　たれなの、いったい」

「さっきの話にでた、平間退耕斎さ」

（えっ）

お勢以はあやうく、灯の消えた行灯をおとしそうになって、

（だめ）

と、唇を噛《か》んだ。この行灯まで落してしまっては、あすの夜からたちどころにこまると思ったに相違ない。

信吾は無造作にたぐった。よほど腕の力がつよくできている。

老人があがってきた。

「ああ」

老人は、おどり場に立つとすぐ暗い部屋に足を踏み入れて、

「わしの座はどこかね」

そのあたりをみた。この暗さのなかで、十分に目がきくらしいのである。信吾は、幼少のころから、家法どおりに夜目の訓練を父から受けてきたが、この小柄《こがら》な老人ほ

どの自在さはとてもなかった。

「お勢以、灯《あかり》を」

「はい」

老人の姿が灯の中にうかびあがったとき、老人は指示されもせずに上座にすわっていた。客人のつもりでいるのだろう。

灯のなかで、老人は目をつぶっていた。夜目《よめ》を使ったあと、急に灯のなかに出たときに急速に瞳孔《どうこう》が縮小する。無用の消耗がある。目を養生する忍びの心得というものだろう。それをみたとき、信吾はいきなり、

「ご老が、忍び者であることは知らなかった」

「おうさ」

退耕斎は、薄目をあけて、

「平間退耕斎とは、世をいつわる名でな。うまれながらついた名は、別にある。名はいうたところで、はじまるまい。姓だけは申し明かしておこう。――柘植《つげ》という」

「…………」

柘植信吾は、だまったまま老人をみた。目のふちが黒ずみ、唇に色がなかった。皮膚の下に血が流れている気配がなく、そのまま死者のよそおいを着けさせても似合った。信吾は、こういう生死の相のさだかでない男のいうことは信じまいとおもった。

老人は、つづけた。

「伊賀の柘植一族じゃ。おぬしとはほんの数代前の祖先は、ひとつから出ている。おぬしの祖先も、伊賀柘植郷の山を見、草を食い、土を耕して、事があれば一郷を出て忍びかせぎをした。伊賀郷士《ごうし》の半ばは江戸に出て開府以来の徳川家の直参《じきさん》となり、半ばは里にのこって郷士の家をまもった。わしはその里の家にうまれた」

「興《きょう》のないことだ。私は江戸者でね。そういう遠いことにはうといし、興もない」

「そうだろう」

老人はかすかにあざわらって痰《たん》を出し、

「江戸の伊賀者はみんなそうだ」

舌のうえの痰をゆっくりのみこみ、

「江戸の伊賀者はみんなそうだな。むかしの忍びは、郷士の境涯にとどまって、人の下に仕えようとはしなかった。生涯、ただ、おのれのわざにのみ仕えたものだ。そもそもは、服部《はっとり》半蔵が伊賀を裏切った」

「服部半蔵どの？」

信吾がきいている範囲では、二百年も前に死んだこの伊賀者の名を、江戸の伊賀出身の御家人《ごけにん》たちは、ほとんど神格化して伝えている。

源平争乱の末期、屋島で奮戦した平氏一門の武将のなかに、伊賀平内左衛門尉《へいないさえもんのじょう》家長という者がいたが、乱後、その嫡子は頼朝にゆるされて、伊賀服部郷に城館をきずいてそれに住んだ。その子孫は伊賀一円を所領し、それぞれの村の名を姓として、あるいは服部とよび、あるいは柘植とよび、戦国期を通じて、多くの下忍《げにん》を飼いつつ、諸国の武将に諜報《ちょうほう》の技術を売って住み暮らした。

戦国の統一者になった織田信長は、天性の合理主義者だったのだろう、宗教権威、一向宗徒の浄土信仰、伊賀の盆地に巣食う忍び者をことさらにきらった。かれの眼からみれば、これらの者はほとんど化生《けしょう》に類するものだったのかもしれない。天正七年から同九年にかけて、伊賀一国にすむ郷士のほとんどはかれの部将によって討滅され、その大半は国の外に流亡《りゅうぼう》した。逃散《ちょうさん》した者のうち、当時三河の領主徳川家康にたよったのが、服部半蔵正成である。

半蔵は伊賀者差配《さはい》になり、徳川家の成長とともに立身をかさねて、ついに石見守《いわみのかみ》に任官し、八千石の知行《ちぎょう》をえた。忍び武者のあがりで、明るみの世間で立身した唯一の例といえるだろう。

本能寺ノ変のさい、堺《さかい》の見物をしていた徳川家康は、急報をきいてわずかな手兵とともに、途中、野伏《のぶせり》や土豪の襲撃になやまされながら、命からがら、領国の三河へ帰った。この時扈従《こじゅう》していた半蔵の手引きで、伊賀を通過した。半蔵がよびあつめた一国の忍び武者二百名が、家康を守護して無事、伊勢の浜までおくりとどけた功績により、江戸開府ののち、そのことごとくが徳川家直参の伊賀同心としてとりたてられ、多くは四谷の伊賀町、麻布の甲賀伊賀町（笄町《こうがいちょう》）にすみ、半蔵の支配に属した。柘植信吾の家も、その流れの一つであり、一方、信吾の前にいる老人の家は、柘植一族のうち、江戸にはゆかず伊賀に残った者の流れなのであろう。

「半蔵にすかされて、伊賀の大半は江戸に行ってぬしに仕えた。それでどれほどのよいことがあったか」

「おろかな」

こんどは、信吾のほうが嗤《わら》った。

「ひからびた昔の軍談をきくようで、私はなんの興もない」

「おかしいかね。ところで、信吾どの、あんたの兄者どのは何の職であられる」

「代々、お城の下男頭だ」

「あわれむべきかな」

「なにがだ」

「戦国のころ、諸国の城入りをしていた伊賀に重きをなした柘植の一族の末流が、江戸の将軍家に仕えたがために、武士ともいえぬ賤職《せんしょく》についている」

「私の家ばかりではないさ。伊賀者の常だよ。どの家をみても、伊賀出身の御家人で、ろくな役禄にありついたという話をきいたことがない」

「禄をすてればよい」

「え？」

「名ばかりの直参の位置をすてて、庶人のあいだにさがれば、おのずから違うた運もひらいてくる。——ましてお手前は」

おぬしが、お手前になった。呼び方を間断なく変えていることによって、対座している二人の関係を、微妙に動かしているのである。

「次男坊だったな」

「ああ」

「捨てて惜しいというほどの位置ではあるまい」

「惜しくもないが、一体、捨てればどんな運がころがりこむというのかね」

「いまはいえない」

「幸運なのか、それとも悪運なのか」

「それは、お手前の受けとりようだ」

「心細いな」

「そのかわり、当座の用として、金をやる」

「ああ金か。このあいだも、そう云ったな。あのとき、私はことわったはずだ」

「わしは、しぶとい」

老人は、わらった。

「亡くなられた尊父与左衛門どのとは、わしが江戸に出て、表むき練心館の道場主になったときからのつきあいだった。おどろくことはない。遠いむかしは、血流を同じくしている。信吾どのは、まだ幼かった。わしはそのとき、お手前の骨柄《こつがら》をみて、父上に、この子が成人すれば私の用に立ててもらえまいか、とたのんだ。父上は、信吾さえよければ私はかまわない、といわれた。そのとき以来、目をつけている。しかし、こうして成人した信吾どのをみて、わしのほうがまだ信用しきれない」

「そうだろう、私は女道楽だからな」

お勢以をみて、にやりとわらった。

「そのため、今夜もおぬしの身辺をかぎまわった」

「闇討までしてか」

「あれはちがう」

老人は、目をすえた。

伊賀者

「ちがう？」

信吾は老人の目をじっとみて、

「これはおどろいた。平間さん、私は若造でね。若造だから、失礼ながら、老人のあなたとは、まるっきりちがう生きものなんだ。老人とは、うそで干しかためた生きものだと思っている」

「これは手ひどい」

老人は、黒い唇をなめた。信吾は云った。

「だから、あの闇討が、あなたの指図でなかったと云われても、直ちにそうですかと信用することはできないよ。若造というものは、老人という別の生きものに対してずいぶん疑りぶかくできている」

「ちょっと訊くが」

老人はいった。

「あんたは、御尊父に対してもそうだったのかね」

「父だけはべつだ」

「それなら、わしを信じてもらってよい。ご尊父とわしとは、余人こそ知らね、ある秘密を語りあってきた間柄だった」

「では、平間さん、闇討はたれがやったんだい」

「くわしく云えぬが、わしの敵のやったことだ」

「あんたの敵？　おどろいた。あんたの敵というのが、なぜ赤の他人である私を殺さねばならぬ理由があるんだい」

「うふ」

老人は臼歯《きゆうし》の奥でうれしそうにわらい、

「敵のほうが、勘ちがいしている。あんたがわしの側にのめってしまったと思いこんでいるようだ。もっとも、そう思いこませたのは、わしの手だったがね。どうやら、柘植信吾が平間退耕斎と一心同体であることは、たれよりも先に、敵がみとめてくれた。あんたもこれで抜きさしはなるまい。ふふ、このあたりで覚悟してくれるかな」

「薄っ気味のわるいことだ」

柘植信吾は、懐《ふとこ》ろへ手を入れて、胸毛のあたりを掻いた。

「痒《かゆ》いのかね」

老人の目が、虫のはく糸のような粘《ねば》りをおびて、信吾のはだけた胸のなかへ忍びこんできた。

（余計なお世話だよ）

腹がたったが、老人に見つめられていると、いよいよ痒くなるような気がした。信吾は、爪をたてて掻いた。掻きながら、おれはいったい、たれのためにこの胸の皮を掻いているんだ、という妙な気になってきた。

「信さん。――」

お勢以が、横あいからたしなめた。客の前で胸を掻くのは、ほめた趣向ではなかった。

「わかっている」

信吾は不機嫌そうに云い、

「お勢以。この胸は、たしかにおれの胸か」

と、たしかめるように訊《たず》ねた。

「なにをいってるのよ」

お勢以は、からかわれたとおもって、腹がたったらしい。

「なるほど、おれの胸かもしれない、なるほどこう掻けばほどほどにこころよくはある。――しかし」

信吾は、くびをひねって、

「この前の老人に見つめられていると、だんだん、おれの胸がおれの胸でないような気がしてくるんだ。この老人のために掻いているような気がする。しまいには、自分の胸でなく、どこのどいつだかわからないやつの胸を、せっせと掻いているような気がしてくるんだ。妙だぜ」

「妙じゃないわ」

お勢以は、繕《つくろ》いものをしながら云った。

「信さんがわるいのよ、みんな。子供ンとき、浅草御蔵前の五番堀のとこに、小さなうずがあったのをおぼえてる？　ほら、川小屋のおじさんの目をぬすんで、泳いだわね。たれもそんなうずのそばには行かなかったけど、信さんだけは平気で突っきって泳いでたわ。あたし、そんな信さんをばかだと思ってたけど、一方では、信さんのそんな無鉄砲さがすきだった」

「痴話なら、別のおりにしてもらいたい」

老人が云った。真面目な顔だった。おこっているのかもしれなかった。

お勢以は、そんな老人を虫のように黙殺して、信吾のほうばかり見て云いつづけた。

「五番堀の前のうず、はそれでよかったけど、人の世の中には、いろんなうず、があるのよ。表むきは小さなうず、でも、底で赤えい、でも呑んじゃうようなうず、もあるわ。信さんはいくら貧乏な御家人の子でも……」

云ってから、お勢以はちらりと微笑《わら》って、

「ごめんなさいね。お侍の子なのよ。武芸がいくらできても、人の世のこわさがわかりゃしない。うずを見ると、つい、もちまえの物好きな病いがでて、ちょいと足の指ぐらいを浸《つ》けちゃうの。浸けちゃうまでは自分があっても、だんだん、自分の体が自分のものでなくなる」

「自分の胸を掻いてるんだか、他人の胸を掻いてるんだか、わからなくなってしまうのか」

「うん」

お勢以はうなずいた。そんなお勢以をからかうように、信吾は、ちょっと悪魔的な顔になって、

「しかし、お勢以。折角だが、おれはうず、の中に入るぜ。人間うまれてきて、てめえ

の皮をてめえだけでぽりぽり掻いて、用心堅固に送るのも一生だが、おれの気にはいらないね。おれは、うずを見れば足を浸けたくなる。五番堀のころのように、まずはうずを乗りきってみせるつもりだ。巻きこまれて、自分が自分でないような、他人のためにだけ大汗かくようなことはしない。――平間さん」

信吾は、老人のほうに目をむけて、

「いま云ったとおり、私のすわってる場所はそんな所だ。金をもらったために、自分を売り渡してしまうようなことはしない。自分がうずの中で面白がりゃ、それでいいんだ。――ちょっと、あんたにはこまった味方かもしれないが」

「こまった味方だ」

老人は、はじめて苦笑した。笑うと、小鼻の右側に暗い隈《くま》ができて、意外にさびしそうな顔になった。

「敵というのは、紀州藩だ」

老人は、ぬけりと云った。「しかし」と云ったあと、しばらく黙って、やがて、熱湯に手を入れているようなくるしい表情をした。

「紀州藩の本体ではない。――影だ」

「影？」

「わからないのか」

老人は、信吾をみた。

「伊賀者といっても、江戸の御家人になった者の子孫にはわからないのかもしれない。影は、本体をはなれて、ひとりで動く」

「ほう」

信吾は、おとぎ話でもきくような表情で口をあけた。その、ちょっとあどけないような表情を盗みみて、お勢以は、クスリと笑い、

(えらそうなことを云ってたって、まだ坊やのようなところがあるんだわ)

とおもった。

「影は、表むき本体と無関係になっているから、どんなことを仕出かしても、本体には累《るい》をおよぼさない。そのかわり、どんな残忍なことでも、無法なことでもできる。この影をうごかしているものは、金だ。金は、紀州藩から出ている」

「酒」

信吾は、お勢以のほうをむいて云った。お勢以はうれしそうに立ちあがって、

「いいの？　ひもになっても」

「女はしつこくていけない。まだそんなことを云っているのか」

信吾は不機嫌そうにいい、

「客人にも」

「わしか」

老人はゆっくり手をあげ、

「わしはいい。酒はうまれてこのかたのんだことがない」

「さてさて気の毒なことだ」

「それが忍びというものだ」

老人は信吾の無智をあざわらうように云い、

「酒気《しゅき》を流しながら、夜仕事《よしごと》はできまい。忍びがそこに居ると触《ふ》れあるくようなものではないか」

云いながら、時を惜しむように、

「ありようは、その金は紀州藩から出ていない。紀州藩の大坂蔵元《くらもと》紀州屋徳兵衛から出ている。事が成れば、藩と紀州屋が、摑《つか》んだ大金を折半《せっぱん》することになるのだろう」

「よくわからないな」

「わからないはずだ。わしは、かんじんなことをぼかして云っているのだから」

「ああ、影のことを、まだきいてなかったな」

「世間でいう隠密《おんみつ》だと思っていい。——それから」

と、老人はすぐ自分の言葉をひきとり息を小さくのんで、

「私も、世間でいう隠密だと思っていい」

「あなたも？」

「ああ」

老人は、急に話に興をうしなったように、横顔をみせてうなずいた。

老人が不得要領《ふとくようりよう》な話をしたまま、あの夜、信吾の前から消えて数日になる。その夕、信吾は、縁側に出て、顔をあたっていた。

「はい、たらい」

兄嫁の律が湯を入れた耳だらいをもって信吾の横にすわった。

「すみません」

かみそりを持ったまま、あごをひいた。律が、妙にきれいにみえた。兄の与六が下《げ》城《じょう》してくる刻限だからだろう。

狭い庭に、ひともとだけ植わっている桜が風もないのに花を散らしはじめていた。夕闇には、まだ早い。塀のむこうのあかね空のくれないが濃くなりはじめていた。大気が桜色に色づき、同色のせいか、空に浮く花びらの一つ一つが、枝をはなれるとすぐ、融《と》けるように見えなくなるようであった。

「もうすぐ初夏なのね」

律が云った。

「早く、信さんも、身をお固めにならないと。――兄さまが、上野の輪王寺《りんのうじ》の宮さまの御付衆のなかに、ご養子の口がひとつあるっておっしゃってたわ」

「上方者《かみがたもの》はいやだな。それに、私のような道楽者は、むこうが調べたら、あわてて破談にしてきますよ」

云いながら、信吾は、べつのことを考えていた。あの老人のことだ。

(いったい、何者なのだろう。あの夜は、なにもかんじんなことを云わずに立ち去ってしまったが。……)

自分も、隠密だという。隠密同士のあらそいらしいが、相手は紀州藩の隠密だとしても、老人がどこのたれに傭《やと》われているのかはわからない。

（傭われているとしたら、ずいぶん気のながい隠密もあったものだ。老人が、浅草福井町二丁目に町道場をひらいて平間退耕斎と名乗ってから、なんと十五年になる。十五年も、江戸に居すわりつづけている隠密なんて、あるものだろうか。――もっとも）

信吾は、子供のころ、父の与左衛門がきかせてくれた隠密のはなしを、ふとおもいだした。

（薩摩《さつま》飛脚《びきやく》のばあいなんぞは、父祖三代にわたって住みついていた例もあったそうだが）

徳川幕府は、関ケ原以来、島津家に対してついに幕府の崩壊にいたるまで疑いをすてなかったのだが、この間《かん》、いく度も江戸から隠密が島津領に潜入した。そのほとんどが、二度と江戸へは帰ってこなかった。

「斬られたのですか」

信吾は、きいたことがある。

「斬られるもんか」

父は笑った。

「江戸の伊賀同心のなかからすぐれた者をえらび、薩摩ことばに習熟したうえで潜入するから、よほど不運な者のほかは露顕《ろけん》しない。しかも一代目は、生涯なにも仕事をせずにきこりや炭焼きになって山中に住まう。その子の代になって土地の者に信用ができてから、はじめて諜者《ちょうじゃ》にかわる。もっとも、父祖三代つづいた隠密が、孫の代になって斬られた例はあった」

「因業《いんごう》な仕事ですね」

「それが、伊賀者ということだ。表むきは直参とはいえ、この筋の家にうまれた者の宿命というものだろう。そちも、いつ、家や妻子をすてて、そのような仕事に就《つ》かねばならなくなるか、わからない」

父はそんなことを云って笑いすてたが、信吾はおぞましい思いでそれをきいた。

(先祖が、戦国の世に忍びを働いたというだけで、その子孫までが、なぜそんな暗い一生を送らねばならないのか)

父は、こんなことを云ったことがある。

「徳川《とくせん》の御恩はわすれてはならない。戦国の世では、伊賀の忍びといえば、武士の仲間にも入れてもらえず、ときには、人の類《たぐ》いでないとさえいわれた。それを徳川家は、武士の上《かみ》に立つ直参にとりたててくだされた。生々世々《しょうじょうよよ》、どのような御奉公をしても、そのご恩にむくいねばならない」

さて、老人のことだ。信吾はおもった。

(あの男も伊賀者だが、いったい、たれにやとわれているのだろう)

「あ、日那さまが——」

兄の与六が帰ってきたのだろう。律はいそいで立ちあがった。信吾は律へ会釈《えしゃく》して、かみそりを持ちなおした。

(そう。……)

信吾は、かみそりをとめた。

(お勢以は、やすらいの国といったな)

話が玄妙すぎる。なにしろ、お勢以が九つのときに、改築普請中の練心館道場の縁の下にひそんで洩れきいた話というのだから、どの程度信用してよいものかわからない。

第一、そんな国が、この六十余州のなかにあるとはきいたこともないのだ。外国のことは、信吾は知らない。しかし、練心館の平間退耕斎が、異人の諜者をつとめるなんぞは、話が荒唐無稽《こうとうむけい》すぎて、信じられもしないのである。

（たしかに、この日本のどこかに、その国はある）

信吾は、なんとなくそう信じた。それと、わかっていることが一つある。

十五年も江戸で隠密として住んでいた平間退耕斎の身辺が、いまごろになってようやく緊迫してきたということだ。

（あの老人は、あせっている）

信吾はそう思った。老人は、孤立無援の立場にあるに相違なかった。旧友だった父の与左衛門が生きていれば、それに救いをもとめにきたのかもしれない。与左衛門は、この世にはいない。その子の信吾が居はした。ところがその信吾が、いま一つ頼りになりそうにないと思って、戸惑《とまど》っているのが、いまの老人の段階なのだろう。

唐紙《からかみ》があいた。

信吾は、かみそりをとめた。

「あ」

与六だった。まだ着更《きが》えてもいない。佩刀をもったまま、突ったって、

「信吾、話がある」

「養子の口ですか」

「ちがう」

信吾をみている与六の顔に、かすかな緊張がひきつっていた。

天狗の里

「なにごとかは知らぬ」

与六は信吾のそばにすわり、ちょうど入ってきた律を制して話がすむまで台所にいるように、といいつけて言葉をつづけた。

「あす、未《ひつじ》ノ刻《こく》だ。松平様のお上屋敷《かみやしき》まで参上せよと、組頭《くみがしら》からお話があった」

「たれが?」

「知れきっている。お前だ」

「松平様とは、肥後守《ひごのかみ》様ですか、大隅守《おおすみのかみ》様ですか」

信吾がいった。

「豊前守《ぶぜんのかみ》様だ」

「若年寄ですね」

「この家にうまれた者ゆえ、念を押すまでもないと思うが、なんのご用かわかるか」

「お屋敷は、たしか……」

「わかるか、ときいているのだ」

「わかるような気がする」

信吾は、さすがにつばをのんだ。与六はうなずき、

「数ある伊賀同心のうち、柘植家のお前がえらばれた」

「話は？」

「それを名誉とおもってよかろう。話は、それだけだ。あとは聞いていない。ただ、亡父《ちち》から伝えきいている所では、きめられた刻限にさえ参上すれば、御門の前に案内《あない》の者が待っているはずだ。だまってお前は挨拶《しきたい》だけをすればよい。お庭へまわしてく

れる。お庭で、お話をうけたまわったのち、お屋敷を出て、その足で、白木屋《しろきや》へまわるのが普通だそうだ」

「白木屋？」

「そこで装束を変える。それが、隠密の定法《じょうほう》だというのだが、知らぬぞ、わしも、実際を知っているわけではないのだ。――律」

与六は気ぜわしく手をたたいて、律に酒肴《しゅこう》の用意をさせた。酒肴といえば体《てい》はいいが、ありようは、膳部の上に一枚の焼鯣《やきするめ》と、銚子が三本ついているきりだった。与六はそのうちの二本を信吾に飲ませ、自分は手酌《てじゃく》で一本をあけて、

「酔った」

与六は酔ってはいまい。さかずきをなめながら、しきりにめでたいと云ったが、信吾の見るところでは、しんそこそう思っている様子ではなかった。祝いの酒というより、別離の酒のつもりらしく、さらには、おとうとの不運を傷《いた》んでいるふうでさえあった。与六は繰りかえして、

「堅固《けんご》でな」

と云った。云ったあと、すぐ、

「無用の刀技をふるうではないぞ。刀技に慢ずる者は、かならずそのためにほろぶ、と父上も云いのこされた。刀槍をみれば、つとめて遁《に》げるのが、忍びの名誉と心得るがよい。よいか」

と、くりかえした。

翌日、与六は非番の日だったが、部屋で書見《しょけん》をして、信吾を送らなかった。いつものように、兄嫁の律が玄関まで出て、耳もとでささやいた。

「ゆうべのお話、ご縁談？」

「いや、兄から説教をくいました」

「そうでしょう」

律はうわ目でうなずき、

「信さんも、いい加減に身をつつしまなくちゃ。じゃ、きょうはお帰りはお早いのね」

「そのつもりです。が、ひょっとすると……」

「瓦町のお勢以さんとこへまわるんでしょう？」

「うん」

「あきれた」

「もし戻れなかったら、いつものとおり、兄上の手前をよろしく」

信吾は、出た。事実、この鳥越明神横の兄の家は、今日が最後になるかもしれないとおもった。


与六がいったとおりだった。豊前守の家士らしい男が、門の前で折り目正しく信吾を迎え、庭へ先導した。

「お腰のものをおあずかりいたしましょう」

そう云っただけで、男は終始、口をきかず、林泉のなかを通り、回廊の下をくぐった。書院らしい古びた建物の廊下の前を通りすぎると、それに接続してわらぶきの茶亭があった。つくばいがある。石の前がわずかに白洲《しらす》になっていた。

「ここで、おひかえくださいますよう」

すわっておれ、というのだ。男はいんぎんに腰をかがめると、木立《こだち》のなかへ消えた。

信吾は、白洲に正座して、小半刻《こはんとき》ほど待った。直参の家の子とはいえ、御家人の次男坊風情では千代田の城のなかをのぞいたこともなく、大名というものの顔さえ見たこともなかった。

（どんな顔の男だろう）

おそらく、年齢《とし》のわりに地味で陰気な小男に相違ない、と想像した。若年寄松平豊前守というのは、若年ながらこの年の暮には老中格として幕閣を主宰《しゆさい》するほどの実力者だが、ふしぎと、町の評判に名の出たことのない男だった。

足音がきこえた。信吾は、ちらりと目をあげた。白い足袋が廊下を踏んでいた。

「柘植信吾か」

低い声が、いった。姿が、ない。信吾は、平伏していた。

「顔をあげよ」

信吾は、顔を見た。

想像していたとおりの顔だった。猿のように赤らんだ小さな顔に、眉毛がなかった。信吾は、痩せたつるし柿を思いだした。

「近う」

豊前守は手でまねき、自分も濡れ縁のふちに膝をついた。小姓が、小さな声をあげた。

「お敷物を」

そう云ったのだろう。豊前守はそれには答えず、小姓のほうをふりむいて、

「佩刀を、これへ置け」

自分の左の板を、指で叩《たた》いた。豊前守は、言葉がどもるようであった。気短に、体で所作《しょさ》をした。小姓が刀を置くと、犬を追うような手ぶりをした。あちらへゆけ、というのであろう。信吾は、なるほど、とおもった。大名なのだ。家臣と犬とのあいだに、町の者ほどの鮮明な区別がつきにくいのに相違なかった。

小姓が一礼してゆくと、豊前守は、赤い小さな顔を、信吾のほうへむけた。見おろした。ここにも、犬がいた。いかにもそれのように、地にすわって、白い砂に手をついていた。

「刀槍は使えるか」

豊前守は、気短に云った。信吾は、返事のかわりに、平伏した。それだけでは不満だったらしく、念を押して、

「使えるか」

と、言葉を重ねた。

「は。いささか」

そういうことは、当然まえもって、調べぬかれているはずなのだ。信吾は、ゆっくりと目をあげて、豊前守をながめた。豊前守はべつにその無礼をとがめるふうもなく、

「そちは、伊賀者であったな」

「先祖は、そうでございました」

「血すじに変りはあるまい」

「伊賀者は、血すじではございませぬ」

信吾は、顔をあかくした。豊前守という男は、伊賀者といえば、この島国のなかでは別な種族であるとおもっているのか。

「忍べるか」

とつづけていった。信吾は、顔をふった。

「忍んだことはございませぬ」

戦国の世ではないのである。伊賀流の忍びを伝える家の子といっても、そういう術

技を用いることのできる世ではないのは、わかりきったことなのだ。

「公儀《こうぎ》は、金《かね》がほしい」

(えッ?)

信吾は、さすがに声には出さなかったが、豊前守という男は、思いつくままに言葉を出しているらしく、話の脈絡《みゃくらく》に従うのにほねがおれた。

「そちも御直参なら、わかってもいよう。昨今の世情をみるに、幕権があなずられているること、こんにちより甚だしいときはない。食いつめ浪人ばかりではなく、ちかごろでは、外様《とざま》の諸藩はもとより、親藩《しんぱん》、譜代《ふだい》の藩でさえ累代《るいだい》の恩義をわすれて、時流のなかで動揺している。理由はただひとつしかない。公儀の庫《くら》に金穀が乏しくなったためだ」

小さな顔は、舌を出して下唇をなめ、

「金がない」

こんどは上唇をなめて、

「金さえあれば、幕権は昔日《せきじつ》に回復できる。大砲《おおづつ》をととのえ、軍艦を購入する。攘夷のお好きな天朝《てんちょう》がおのぞみならば、夷人《いじん》を打ちはらうこともできる。諸藩も公儀の威信に服するようになる。金が要《い》る」

一気《いつき》に云い、しばらくだまってから、信吾の肩をみた。信吾の厚い肩が濡れはじめていた。雨がふりはじめているのだ。豊前守は、その風景をつくばいが濡れるほどにも気にとめず、

「金は、熊野にある」

といった。

「熊野に？」

話が相変らず唐突《とうとつ》だった。

「熊野のいずれにござりまする」

「わかれば、そちを頼まぬ。即刻に、軍勢をさしむけてでも、かの山中をわけ入るところは、わからぬ」

「それを拙者がさがすのでござりまするか」

「探《さが》す」

赤い小さな顔はうなずき、

「それも、熊野でさがさぬ。とりあえず、江戸で探す。――牧野備前守どのを存じて

おるか」

「越後長岡の御城主忠恭《ただゆき》さまでござりまするな」

信吾は武鑑を誦《そら》んずるように云うと、豊前守はかぶりをふり、

「ご先代忠雅どのだ。たしか天保十四年に老中の任につかれ、安政四年に退かれた。いまからざっと十数年前になる。このかたが老中をしておられたころから、引きつぎの事柄がある」

信吾は、目をとじた。びんをぬらしていた雨が、目鼻にしたたりはじめたのである。

「熊野に、安羅井《やすらい》という秘国があるという」

あ、と信吾は目をあけた。あけた目のはしから水滴が入って、目の前が青く霞《かす》んだ。

(それはお勢以の云ったやすらいの隠し国じゃないか)

信吾は、目をしばたたいて、水を落そうとした。

「国びとは、二百人を越えぬ。それに、山中であるゆえ、千年来、人に知れなかった。いかなる世にも知れずに、この国は歳月をすごしてきた。一説には、人でない者

が棲《す》むという」

「人でない者が？」

信吾は、思わず問いかえした。豊前守は、ふと自分の話していることが、いかにも自分でも信じられぬように、しらじらとした微笑をうかべて、すぐ消した。

「つまり、天狗かな」

口をつぐんだ。

（天狗が？　十五年前、練心館道場でお勢以が見たというのも、天狗のような山伏だったはずだ）

「柘植信吾」

「は」

「顔をぬぐうがよい」

信吾は、顔を伏せて、指の腹でしずくをぬぐった。

「この話、わしも信じられぬ。歴代の老中が信じられぬまま、上書《じょうしょ》を筐底《きょうてい》に蔵して、十数年を経た。むろん、たれも正気でとりあげようとした者はない。信吾、ゆるそう」

「は？」

「ものを質《たず》ねてもよい」

「おそれながら、その上書というのは、なにものが奉ったのでござりましょうか」

「浅草福井町二丁目で町道場をかまえる平間退耕斎という者だ」

「平間……」

「そちは、この者を存じておるはずじゃな」

豊前守は、薄くわらった。豊前守の家臣の手で、その程度のことは、あらかじめ調べがついているのだろう。

「上書というのは、その天狗のすむ隠し国というのを、公儀の手で安堵《あんど》してくれという」

「千年来、人里には秘しつづけたはずのその隠し国を、なんの必要があっていまさら公儀の手で安堵してくれというのでござりましょう」

「熊野は、どこの領国か」

「紀州家でござります」

「その紀州藩が、ほぼ十五年ほど前から、熊野の木こりの云い伝えを聞いて、探索をつづけているらしい。まだ、その所在までみつかりはせぬようだが、隠し国では狼狽した」

「それは……」

「いかにも」

豊前守はうなずき、

「右の退耕斎なる者の上書にある」

といった。

「なぜ、狼狽したのでござります」

「金《きん》があるゆえじゃよ」

「金――」

「ああ、金じゃ。途方《とほう》もなく金が蔵《ぞう》されているという。紀州藩が目の色を変えたのもそれであろう。退耕斎の上書では、隠し国としては、こののち、百万年のさきまでも、世から隠されて過ごしつづけたい、国を発《あば》かれとうはないというのだ。公儀に安堵してくれというのも、公儀の天領にして代官を派遣してくれというのではなく、隠し国としての安堵であるらしい。公儀が保護さえしてくれれば、応分の運上（税）は上納するという」

「すべてこの話は、退耕斎の上書のみが出所《でどころ》でございますね」

「ああ」

豊前守はうなずいた。

「天狗、隠し国、など、いかさまお伽話《とぎばなし》のようで信じられはせぬ。それに、退耕斎という者自身は、隠し国の者ではない。ただ、隠し国から傭《やと》われて、公儀への運動を請《う》け負うた者にすぎぬ」

「隠し国へ行く道すじは、退耕斎は存じておるのでござりまするか」

「おそらく、知らされていまい」

「すると、もしその平間退耕斎という者がただの狂人であるといたしますれば……」

「おうさ、この話はお伽話になる」

「この拙者めに、なにをせよとおおせられます」

「そちは、近藤重蔵守重という者を存じておろう。町与力《まちよりき》という卑役《ひやく》の家の次男にうまれながら、北蝦夷《えぞ》はおろか、千島、択捉《えとろふ》のはてまでも探索して、ついには書物奉行にまでのぼったお人じゃ」

雨が、肩から体のなかまで滲《し》みとおしている。信吾は、いったい豊前守がなにを言いだすのかとおもった。

四番目の顔

「存じております」

「ああ、知っておればよい。近藤重蔵の例もある。このことに成功すれば、そちの立身については、この豊前守がうけあおう」

「お訊ね申しあげたい儀がございますが」

信吾はいった。

雨が、膝のうえに落ちた。信吾は、いつのまにか背すじをのばして、松平豊前守の小さな目を、じっと見つめていた。

豊前守は、返事をするかわりに少し首をかたむけ、やがて小鼻にしわをよせて、わらった。

「わかっている。庭番のことであろう……」

「…………」

だまって信吾はうなずいた。そのことが、信吾には不審だった。自分の身分が、はたして公儀隠密なのか、という点が疑問におもわれたのである。

公儀隠密なら、ふつう、江戸城の下男頭の弟である信吾などがえらばれはすまい。そのためには、もともとそういう役目の者がいた。日比谷門のそと、雉子橋《きじばし》門のうち、虎ノ門のそと、といったぐあいに、江戸市中三ヵ所に屋敷、長屋を拝領して住んでいるお庭番という者がそれである。

表むきの役目は、江戸城の吹上《ふきあげ》御殿の宿直《とのい》と夜間の内庭の巡察だけにすぎないが、将軍の内命があり次第、隠密になる。

(なぜ、そのお庭番に命じないのか)

信吾は思った。

じつをいえば、疑問は、それだけではなかった。

松平豊前守正質《まさただ》が、たまたま上総《かずさ》大多喜で二万石を食《は》む譜代大名であり、それがいま幕閣の老職についているにせよ、二十俵三人扶持の下男頭の部屋住みの柘植信吾と、ひとしく将軍の直参である点でかわりはないのである。その豊前守が、自分の屋敷へ、おなじ直参の者をよびつけて隠密を命ずることが、はたしてすじ道にあったことなのかどうか。

「いや」

豊前守は、くびを横にふり、信吾がいった疑問に対して、どちらかといえば、はじめて決然とした語調で、これは台命《たいめい》と心得るがよい、といった。

「庭番の者も――」

豊前守が、話をついで、

「すでに、そちよりも以前に、この件について、桜田の御用屋敷（お庭番の長屋）から隠密として出ている」

「すでに？」

信吾は、おどろいた。

豊前守はかまわず、目をほそめて狡猾《こうかつ》な小動物のような表情になった。まるで信吾のおどろきを楽しむように、

「その者がしらべたればこそ、そちが、たまたま平間退耕斎と親しく、かつ道場の代稽古をつとめたり、そのことについて相談をうけたりしている事実を知ることができた。従って、余人を用いるよりそち自身に下命するほうが諸事都合がよいという判断もうまれた。これで、事情が瞭然《りょうぜん》としたであろう。——ところで、信吾」

「はい」

「露月のお勢以は達者か」

「え？」

「柘植信吾の身上《しんじょう》については、そこまで調べておる」

豊前守はまた笑った。

信吾は眉をよせた。それを面白がるように、豊前守は右肩をことさらにおとして、

「よいおなごか」

といった。

信吾は答えず、

「委細はうけたまわりましたが、しかし、まだ御用は承《うけたまわ》っておりませぬ」

「おお、そのこと」

すこし軽薄なくらいの所作で膝をうち、

「手段《てだて》をえらばず、安羅井の隠し国が所蔵する金銀を、のこらず公儀の庫《くら》に入るようはからってもらいたい。──なるほど、安羅井国は平間退耕斎を通じて、公儀に保護を求めてきてはいる。公儀は、表むきそれに好意だけを示して、裏ではひそかに内偵をすすめ、隠し国の所在をつきとめ次第、金銀を押収するつもりでいる。そちの役目は、まず、退耕斎を籠絡《ろうらく》して熊野にあるという隠し国の所在をたしかめ、さらに紀州藩の隠密の跳《ちょうりょう》梁を封ずるのが仕事と思えばよい。わかるか」

「それを」

信吾は、低い声で云った。

「一人でやるのでございまするな」

「はて」

豊前守は、思案をした。すこし考えている風情だったが、やがて、

「もう一人いる」

と、唇を動かさずにいった。

「は？」

信吾は、聞きとれなかった。豊前守はつづけて、

「さきほど申した庭番が、引きつづき隠密として立ちはたらく」

「名は？」

「申す要はあるまい。いずれそちの前にあらわれるはずだ」

「……とすると」

むこうは、信吾を知っているが、信吾は知らされていない。それだけで、もはや信吾の位置と、その男との関係は明瞭に割り出されてくるではないか。意地悪くいえば、その男は信吾の協同者ではなく、諜者《ちようじや》である柘植信吾の見えざる監視役であり、督励役であるとも受けとれた。

信吾は、たまたま平間退耕斎と私交があったためにこの一件にかぎって諜者にえらばれこそしたが、その男は家職がお庭番であるために、いわば正規の公儀隠密といっていい。おそらく、内命をうけた手続きも、信吾のように幕閣から与えられたものではなく、定法《じようほう》どおり、将軍から直接あたえられたものに相違ない。

（公儀も妙な仕方をするものだ）

信吾を信用していないのである。ひょっとすると、この公務の途上において、信吾

に非違《ひい》なかどがあれば、その男は信吾を斬りすててもいいというような内示までうけているのかもしれなかった。

（そうだろう……）

勘ぐれば、幕府がその安羅井の黄金を没収するという横道《おうどう》をたくらんでいる以上、信吾にその隠し国の所在をつきとめさせたうえで、秘密をまもるために自分を斬ってしまう役目を、その男は含んでさえいるのではあるまいか。まさか、とは思うが、一方では、そうあつかわれてもやむをえないとも思った。

（相手は歴とした幕吏だが、こっちはうじ虫のような無禄無役の部屋住みだ。公儀の大事を明かした以上、それぐらいの差別はやむをえぬことかもしれない）

信吾は、目をあげた。

豊前守は、その目をみて、念を押すようにいった。

「このことは、内実は台命であるが、形のうえは、わしの頼みということにしてもらおう。つまり幕府要職の者としてでもなく、むろん上総大多喜の領主としてでもなく、単に松平正質としてだ。そちが部屋住みであるためにこの措置はやむをえぬ」

（妙なものだ）

信吾は、固い顔になっていた。豊前守はまるで機嫌をとるような表情で、

「承知をしてくれるであろうな」

といった。

信吾は、だまって頭をさげた。

「それで安堵した」

豊前守はうなずき、立ちあがって庭草履《にわぞうり》をはくと、空を見あげた。

「小降りになったようだ」

と、信吾のほうを見、

「礼のないことをした。濡れたであろう。別間に、着更えと酒肴を用意してあるゆえ、温まってから屋敷を出るがよい」

豊前守にすれば、諜者には白洲にすわらせて命を伝えるという武家の慣習どおりに信吾を扱ったものの、役目とはいえ、自分の家士でも与力でもない者に多少非礼だったと思ったのだろう。自分も申しわけのように肩さきを濡らして、ふたたび縁のうえにもどると、

「そう、金が要る」

思いだしたように云った。

「あとで届けさせよう。こののちも、頃をはかってとどける。届けさきは」

と、信吾を見た。

「お勢以の家がよかろうな」

もう一度、豊前守は、信吾の身辺はなにもかも知っているぞといったような、微笑ともつかぬかげの濃いしわを寄せた。

屋敷を出てから、信吾は、

（一体、お勢以の家にとどくという金は、公儀の勘定奉行から出るのか、それとも、松平豊前守正質から出るのか、どっちなのだろう）

と考えたが、やがてそれも面倒になってきて、まあそのどちらであってもいいではないかと思ってみた。

（しかし、きょうからのおれは、いったい誰なんだろう）

これだけは奇妙なことだった。

松平屋敷を出るときに、道中奉行の印形《いんぎょう》のある通関手形をくれたから、自在に江戸を出られる身になったが、家のことはどうするのか。直参の家の子が、表むき理由もなく家をあけることはできないのである。

(どうせ、組頭から目付《めつけ》へは出奔人《しゆつぽんにん》として届けさせておくのだろう)

それならばそれでよい。

そのくせ、信吾は正規の公儀隠密でもなさそうなのである。信吾の立場は、厳密にいえば、松平豊前守に私的に頼まれた私契の密偵にすぎず、しかも役目の実際は、そのお庭番の男以上に、この事件の核心に肉薄しなければならないもののようであった。

「お勢以——」

その夜、「露月」の二階で、信吾はお勢以にあらましを語りおわると、

「ちょっと、おれの体をさわってくれないか」

といった。

「どうしたの?」

「妙なぐあいなんだ。この世のどんな男や女だって、いろんなところに根をおろして暮らしている。たとえば、肉親縁者とか、役所とか、友達とか、商《あきな》いの仲間とか、……そうだろう。だが、おれをみろ、きょう、松平屋敷を出た拍子に、なにもかも無

くなってしまった。おれは、生きているというだけで、この人間の作っている世間の中には、影も形もないのと同然だぜ。——ちょっと」

信吾はお勢以の白い手をつかみ、自分の腰のまわりを丹念に撫でさせると、

「どうだ、このへんのどっかに糸がついてないか」

「糸？」

「糸の切れっぱしがだよ。なんだか、ふわふわと、糸のきれたような凧《たこ》みたいでね。妙な気持がして仕様がない。考えてみると、せいぜい、このおれがこの世に根がつながっているとしたら、松平豊前守という変な若造から、妙なことをたのまれた、というそれきりのことだけになってしまった」

「ばかね」

お勢以は長いまつ毛を伏せて微笑《わら》いながら、

（あたしという根があるじゃないの）

と云おうとして、やめた。信吾もほとんど同時にそれを考えて、お勢以をみた。お勢以と信吾の目が合った。しかし、どちらからともなく、視線を外《そ》らして、

（これは糸じゃない。……）

双方でそう思った。夫婦でも、情人《いろ》でもなく、多少からだのつながりのある幼友達というだけでは、生活の根がいつも土につながっているというわけにはいかないだろう。

「そいで、さしあたってあすから、どうするの？」

お勢以がいった。

「うん。それを、いま考えている」

信吾は、いった。

「ね、うちへ来ない？」

お勢以は、ひとり言のようにいった。決して信吾を自分から引き込もうとはしない。お勢以というのは、そういう女なのだ。信吾が来ない夜は、かれを夢に見てしまうほどお勢以は信吾を愛しているのだが、その愛情を信吾にまで強制しようとしないのである。

「さあ」

信吾はわらった。笑うと、無邪気な顔になった。その無邪気の内側に、信吾には信吾なりの計算のあるずるさがひそんでいるのを、お勢以は知っていた。

「いいわ。あんたは、女たらしだものね」

「そうさ」

「この世には、お勢以なんかよりずっといい女が、いく人も居そうだ、と思っているでしょう？　幼友達じゃ、宵越《よいご》しのお惣菜《そうざい》みたいで、うま味がないのね」

「どうかな」

信吾は、ずるく話題をかえて、

「どうせ、糸の切れた凧だから、寝るところなんざどこだっていいんだ。いままでおり、こっそりここへ忍んできたり、ときには、鳥越明神の家に戻っていたりするかもしれない」

その夜、行灯の消えた床のなかでお勢以を抱いた。お勢以は冷えていた。頰《ほお》を両掌ではさんでやると、頰だけがあつかった。掌が、濡れた。

「泣いているのか」

低声で云った。お勢以は、枕のうえで、かぶりをふった。信吾は、心の萎《な》えるほどの思いで、

（おれは悪人だな）

と、思いつつ、そのくせ、心の半ばは、床のなかのお勢以を抱いていなかった。信吾は寝た。寝つかれなかった。暗いまぶたの裏に顔があった。目も鼻も、まつ毛もうぶ毛もなく、男には名さえなかった。

お庭番。

その男なのだ。信吾のあすからの監視者であり、ときには命令者になり、信吾に対して生殺与奪《せいさつよだつ》の権をさえゆるされているかもしれないその男の顔が、燐光《りんこう》を帯びて、まぶたの裏にはりつきはじめていた。

（いったい、どんな顔の男だろう）

信吾は、記憶のなかにある顔のなかから、その男の顔をさがしてみた。

顔のなかには、平間退耕斎がいる。むろん、この老人ではなかろう。

山伏がいた。角ばった、厚手の大きな顔の男だった。池田内匠頭屋敷の小路で出会い、つぎは大川端の材木置場で、信吾の刺客の指揮者になってあらわれた。なんとなく、この男が紀州隠密の首領のようにも思われる。

つぎは、駒形町の浪人高力伝次郎だった。

（まさか）

と思った。退耕斎の練心館道場が代稽古にたのんでいる一人で、信吾も道場でときどき顔をあわせたことがある。信吾のこれからの運命に濃密なつながりを持ってきそうなことは、例の材木置場で襲撃してきた刺客のなかに、この男がたしかに加わっていた一事でも想像できることだ。山伏の頤使《いし》をうけていたところからみて、紀州隠密として退耕斎の道場に入りこんでいたのだろう。

するとこれらの顔のなかに、公儀隠密のお庭番の顔は居そうにはなかった。

(別の顔なのだ)

信吾は思った。

(——そいつが)

そういう呼び方でよんでみると、案外気持にぴったりした。事実、信吾とおなじ公儀の手先でありながら、その男こそ、いずれは自分の本当の敵になるのではないかという予感がした。と同時に、怖れにも似たものが足もとから冷えのぼってきた。

隠密第一日

翌朝、信吾は土間へおりた。

「足もとに気をつけて」

お勢以が、しゃがんだまま、ふりむかずに云った。蠟燭《ろうそく》で自分の手もとを照らしながら、くぐり戸のさんに手をかけている。信吾がそばへ近よると、ほのかに髪油のにおいがした。

お勢以は、さんに指をかけてから、ふとためらった。くぐり戸を抜けて、信吾が街へ出てしまえば、もうこのうちへ戻って来ないのではないかという気がした。きのう、信吾は、公儀隠密になったという。きょうから、事件の傍観者ではなく、渦中に入ってしまうのである。おそらく鳥越明神横の兄の与六の家でも出奔人として届け出るだろうし、場合によってはいつ江戸から消えてしまうかもわからなかった。

お勢以のそんな気持を察したのか、信吾も暗い戸の内側でじっと立ちつくしているようだった。やがてぼそりと、

「お勢以」

といった。

信吾は、この際、お勢以がかれにいだいている愛情のために、なにか、ひと言《こと》いうべきであったのだ。

お勢以は、返事を声にしては出さなかったが、目をふせ、伸びあがるような気持でつぎの言葉を待った。

「——表《おもて》に」

信吾が云った。

「蓑《みの》売りが歩いてやがる」

「蓑売り？」

お勢以は、あきれて、信吾の横顔を見あげた。信吾は、まるで、子供のような好奇心にみちた顔をして、戸の節穴《ふしあな》から外をのぞいていた。

「蓑売りといえば、葛飾《かつしか》あたりの百姓が野良《のら》のひまひまに売りに来るものだろうが、

それにしては、あいつのなまりは妙だぜ。あれはきっと江戸者だ。——しかしお勢以、江戸者の蓑売りなんてあるものだろうか」

「あたし」

お勢以は、腹がたってきた。

「知らないわ。葛飾の蓑売りのことまで」

「しかし、いいあんばいだ」

「なにが？」

「外は晴れているらしい」

「……あんたというひとは」

お勢以の指が動いて、コトリとさんがはずれた。

「ばかね」

「馬鹿？」

信吾はぎょっとしたように、足もとのお勢以の背を見て、

「なにがばかかね」

「馬鹿というより、人でないみたいだわ。こんな日に、お天気のことだの、蓑のこと

だのしか云えないなんて」

「そうかな」

信吾は、もう一度、節穴をみた。お勢以は、もう腹がたつ気もおこらなくなった。

(なぜこの人は、男が女に云うようなことが、ちゃんと云えないのだろうか)

とおもった。

(云ったってかまやしないのに。それを証文がわりにして、あとで御新造にしてちょうだいなんて、あたしは舌を嚙んでも云やしないのに。……)

悲しくなった。そんなことを恨みっぽく考えていると、だんだん自分が江戸中でいちばん可哀そうな人間にみえてきて、

(ああいやだ、目の奥が変になってきちゃった)

あわてて立ちあがると、くぐり戸をトンとひらき、

「どうぞ。気をつけてね。――女たらしさん」

「ああ」

信吾はうわの空で返事をして、外へ出た。空が明るかった。

西へ歩いた。

（樟《くすのき》？）

信吾は、西の空をみておどろいた。樟の巨樹が、陽《ひ》を噴《ふ》きかえして銀色にかがやいているのが、ふしぎな光景のようにみえた。はじめて入った町のような気がして、やがて、

（なんだ、天王社の樟じゃないか）

と気付いた。ばかばかしくなって、

（お勢以のいったとおり、おれはすこし馬鹿かもしれないな。変わったのは町じゃなくて、おれのほうなんだ。松平豊前守と約束したばっかりに、きょうから凧糸《たこいと》の切れた風来坊だ）

信吾は、広小路へ出た。なんとなく仁王門へ足をむけていたのは、ほんの十歩ばかり前を、さきほどの蓑売りが、荷をかついで妙にゆったりした腰どりを使いながら、歩いていたからである。

（しかし、あいつ）

節穴からのぞいたときは、声をきいたが顔を見なかった。走り寄ってのぞいてやりたい気持があったが、

（益体《やくたい》もない）

たかが蓑売りだった。仲見世をちらちらのぞいているうちに、興をなくしてしまった。

（どうも、所在ないな）

隠密を開業してしまったものの、さしあたって何をすることもないのである。蓑売りと行列を組んで歩くのも、たしかに芸のないことだった。

（そうだ。――）

仁王門のそばまできたとき、信吾はきびすを返していた。福井町の練心館道場に行ってみようと思ったのである。せめて、今日一日の行動ぐらいは、考えつけるだろうとおもった。……歩きながら、

（どうも、ひまな隠密だな）

自分がおかしくなってきた。

道場へ入ると、いつものようにちのが出てきて、式台に手をついた。

「あの節《せつ》は。――」

信吾が、かるく頭をさげた。

「いいえ」

ちのは、頭をさげたまま、

「かえって、柘植さまにご迷惑をかけてしまいまして、申しわけございません」

「結局あの件は」

信吾は、植込みにあたっている陽の光に眼をほそめながら、さりげなく、

「奉行所に届けなかったのですね」

「奉行所とは？」

「奉行所ですよ」

「あのう。一斎は、病死いたしたのでございますけれど」

「病死——？」

信吾は、なにをぬけぬけとこの娘は言いだすのだ、とおどろいて、

「私が、あの日、あの場に居あわせたじゃありませんか。白昼、闖入者《ちんにゅうしゃ》に刺されたけれども町道場の体面もあり奉行所には届け出ぬ、そうとまで退耕斎どのは言われた。あなたも、そばで、ずいぶんと、その大きな目を見ひらいて、聞いておられたように

覚えるが、私の記憶ちがいだろうか」

「ご記憶ちがいだと存じます」

「結構なことだ」

信吾は、思わず、噴き出し、

「まあいい。お父上はご在宅でしょうな」

「いいえ」

「どこにいらっしゃるんです」

「他行《たぎょう》しております」

「いつ、ご帰宅になられる」

「存じませぬ」

「これはおどろいた」

「――？」

ちのは、うわ目で信吾をみて、ちょっとくびをかしげた。そのそぶりを微笑《ほほえ》ましくながめながら、この娘はシンはきっと無邪気で正直なむすめなのだとおもった。ちのの顔をのぞきこむようにしながら、

「なんだか、変ですね」

にやりと笑った。笑ってから、ああ、けさはひげを剃《そ》るのをわすれたな、とおもい、あごへ手をそっと当てて、

「私の顔、お見忘れではないでしょうな」

「え？」

「ひげを剃るのをわすれたんです。間違いなく、私は当道場で代稽古をうけたまわっている柘植信吾のつもりです。ちのどのは、どうやら、私をはじめて見たようなお顔つきをなされている。――お父上は、きっと不在でありましょうな」

「は、はい」

「本当ですか」

「はい。それは本当でございます」

「ほう。それは本当だとすると、さっきの一斎どのの病死はうそだったのでしょうか」

「い、いいえ」

ちのは狼狽《ろうばい》して、みるみる顔を赤らめ、顔を横にふった。信吾は、そんなちのが、

たまらなく好きだった。白くびれたおとがいに手をあててやりたいような気持になって、ふと、

（ああそうか）

とおもった。さっき、出がけにお勢以が云い捨てた言葉をおもいだしたのである。

（うっかり聞きすててしまったが、お勢以はおれを女たらしさんと云ったようだった。しかしそれはちがうな）

どうちがうか、信吾は自分でも自分がよくわからなかったが、はっきりとちがうように思った。

（女たらしなら、決してこういう気持でちのを見まい）

確信をもって、そう思った。信吾は、まるで高価な茶器を見る者のような気持で、ちのをながめているつもりなのである。

（しかし、きょうのちののそぶりは妙だ）

信吾は考えてみた。退耕斎が、ちのに、信吾を寄せつけるな、と命じたのか。

それならば、変だ。ほんの先日、退耕斎が信吾に一身上の秘密をうちあけて、力を貸してくれと頼みにきたばかりなのである。

(おれが、この件に関して公儀隠密になったことが洩れたのか)

まさか、とおもう。松平豊前守によばれたのは、きのうのことだ。江戸で孤立して、どうやら情報網ももっていそうにないあの老残《ろうざん》の伊賀者が、そんなに早く消息を知るわけがない――。

(しかし)

目の前にいるちのは、まるでおれを、他人をみるような目で見ている。

(ひょっとすると、ちのどのは、おれとお勢以とのことを知ったのではないか)

と思ってから、信吾はあやうく噴きだしかけた。自分のうぬぼれがおかしかったのである。ちのが、信吾をどう思っているかもわからないのに、この想像は滑稽すぎた。

「それでは」

思案から醒めた信吾は、つい云ってしまっていた。

「あげていただきましょう」

草履《ぞうり》をぬぎかけていた。信吾というのは、妙な男だった。心の内側で考えるときの信吾はずいぶん謙虚で思慮ぶかい男なのに、その謙虚と思慮ぶかさは、ときどき行動とはべつべつのものになった。こういう性癖《せいへき》のために、内面の信吾は、行動するほうの信吾を、ずいぶん迷惑におもうことがある。

「なりませぬ」

ちのは、顔をあげ、必死な表情でいった。

「もうあがってしまった」

信吾は、自分に苦笑していた。

「ちのは女でございますけれど」

ちのは、きらきらとよく光る目で、柘植信吾を見あげた。

「父から留守をあずかりましたときは、やはりこの屋敷のあるじでございます。ちのがいけないと申し上げているのに、無理にあがろうとなさいますなら、ちのにも覚悟がございます」

(おや)

信吾は、あざやかな驚きで、ちのをみた。

(この娘は、やはり武家の娘だな)

と思った。父親の平間退耕斎が、そのように訓育してきたのだろう。

「道場のすみで、待たせていただきます。さっきも申しあげたとおり、私はこの道場の代稽古を申しつかっているのですから」

「なりませぬ」

「い、ちのどの」

信吾は、立ったまま云った。

「あなたは、なにか隠されているようだ。――たとえば、そこの」

信吾は、廊下のかどをあごで指し、

「たれか居る。ひそんで、あなたと私の話を立ち聞いているようだ」

「えっ」

い、ちのが小さく叫ぶのを、信吾はかまわずにそのわきを通りぬけて、衝立《ついたて》の裏へ出た。廊下をみた。高力伝次郎が腕組をして立っていた。

「押し込みかね。柘植さん、いつ盗賊になったのだ」

駒形町に住む浪人者高力伝次郎の白い顔が、ゆっくりと笑い、腕組を解いた。

「なに。――」

信吾のほうが、むしろ狼狽したほど、高力は落ちついていた。

「どうしたのだ」

重ねていった。廊下の薄暗がりのなかで、高力の女にしたいような白い顔が浮き出、歯が光った。薄い唇が笑っているのだ。

(いやなやつだ)

と思いながら、信吾は笑顔もみせず、

「あんたこそどうしたのだ」

「わたしか」

高力は、ちょっと道場のほうをあごでしゃくって、

「わたしは、ここの代稽古だからな」

といった。信吾は引きとって、

「私も当道場の代稽古のはずだが」

「ちがう。日がちがうな。きょうは、わたしの当番の日にあたっている」

「なるほど。——しかし、道場のほうには、人っ子ひとり居ないようだが」

「あれを見なかったかね」

高力は、女のような手でびんを撫でて、

「表《おも》に、当分休館という意味の貼紙《はりがみ》がでているはずだ」

「それなら、なぜ、休館の日に代稽古が来なければならない」

信吾は、やっとそれだけが云えた。高力は声をたてて笑って、

「代稽古というのは、竹刀をふりまわすだけが役目ではあるまい。道場の雑掌《ざつしよう》もとるべきだ。わたしは、月のうちのこの日と決められた日は、門弟が来ようが来まいが、かならずやって来る。律義《りちぎ》なのでね。用もないのに押し込んでくるお人とはちがう」

どうやら、信吾の負けのようであった。

伊賀の刀法

柘植信吾は、あごの下の無精ひげの根を、爪の先で弾《はじ》くように掻いた。掻きながら、高力伝次郎の赤い唇をながめた。

(口さきでは、こいつにかなわない)

とおもったのである。

「どうしたのかね」

高力がいった。いつものことだが、白い頬に血の気がなかった。翳《かげ》がさした。冷笑がうかんだ。

（あざけってやがる）

ちのは信吾にあがることを拒《こば》んだ。信吾は強引にあがった。それを高力に見られて嘲笑《わら》われた。道化《どうけ》すぎていた。嘲《あざけ》られても仕様のない立場なのだ。信吾は、ひっこみがつかなくなった。

（おれはどうすればいい？）

ちのの手前もあった。彼女の挙動は見なくてもわかった。ちのはうしろに立って、じっと袂《たもと》をおさえたまま二人のやりとりを見つめているようなのだ。その視線を背中に感じつつ信吾は、男の目方をはかられているような気がした。

（退散するかえ？　信吾）

自分に訊《たず》ねた。しかし待てよ、と思った。すごすご退《ひ》きさがれば、高力に追っぱらわれたことになるだろう。ちのは、きっと自分を軽べつする。

(どうする？　柘植信吾)

ひげの根を掻いた。

(どうせ男というものは)

ひげを掻く手をとめた。

(ばかな生きものだ。こんなときに、男は、おうおう、自分の体面と、女への手前のために命のやりとりをしてしまう。——いや、そういうことで捨てるために、男はめしを食い、本を読み、日頃いのちを養ってきているのかもしれないのだ)

妙な理くつをこしらえたとたん、信吾は、

「おい」

云ってしまっていた。

「道場へ出ろ」

「竹刀《しない》でいいのかね」

道場の中央にゆっくり進み出ながら高力は云った。信吾は、得物《えもの》まで考えていなかった。うっと詰まった。

「真剣でどうかね」

高力は、訊《き》いた。信吾は、だまって首をふって、

「木刀がいい」

「ずんと、ご遠慮だな」

高力は、道場の板壁から木刀を二本はずしてきて、信吾のほうに投げた。

ちのは、道場の入り口で、例の食い入るような視線で二人をみていたが、得物が木刀ときまったとき、つと白い足袋をにじらせて、

「高力さま」

静かなシンのある低い声でいった。

「そちらの柘植さまも」

こんどは、信吾のほうにむいた。

「おやめなされとうございます。父の留守中にお怪我《けが》でもなされると、ちのがこまります」

「どちらが怪我をするのかはしらないが」

高力は、ちのには横顔をみせ、片手で木刀に素振《すぶ》りを呉れながら、

「私のご心配なら、ご無用なことだ」

といった。

高力伝次郎という男の閲歴は、あまり、たれも知らない。大和《やまと》の浪人だというが、あまり大和なまりはなかった。本人のいう所では、国もとで小野派一刀流の印可《ゆるし》をうけ、江戸で北辰《ほくしん》一刀流を学んだ。北辰一刀流の千葉道場に半年通ううち、

「竹刀おどりで人が斬れるかよ」

と、流儀を誹謗《ひぼう》したために破門されたといううわさがある。うわさといえば、国もとで人を斬って出奔したという話もあった。「おれは、これでも骨の切れる音を」と右手を見せ、「この掌《て》で聞いたことのある男だ」。

そんなことを、練心館の門弟に語ったことがあるという。

練心館の代稽古に頼まれたのは、信吾よりすこし前だったから、一年になるはずだった。代稽古に来てしばらくすると、どういう金づるをみつけたのか、身なりがよくなり、門弟の誰かれをつれては、酒もさして飲めないくせに舟宿などで酒を飲ませたりしているらしく、そういうせいもあって、一部門弟の間ではわりあい受けがよかった。

「ひょっとすると、高力どのは練心館の後釜《あとがま》にすわるつもりではないか」

そういう推測を働かせる者もある。門弟の人気を得るいっぽうで、ちのにひそかに云い寄っているらしいというのである。

信吾は高力伝次郎とは代稽古の日がちがっていたから、めったに顔をあわせることもなかったが、たまに会ったときも、信吾があいさつすると、あごを引いて高い会釈をした。

（こいつ、おれをきらってやがるな）

信吾は、感じた。きらっているだけではなかった。軽蔑《けいべつ》さえしている様子が信吾にもわかった。

もっとも、なぜ高力伝次郎が信吾に妙な態度をみせるのか、信吾にはわからなかった。

（おれが、貧乏だからかな？）

貧乏というのは仕様のないことだった。信吾は門弟に酒をおごる金もないし、おごったこともなかった。当番の日は、稽古がすめばさっさと帰るだけのことだったが、

（しかし、貧乏なだけで、たかが浪人者に軽侮されることはあるまい）

いやそれより、と思うことがある。高力伝次郎は、おなじ代稽古のおれという男を、道場の後釜をねらう競争相手だと思っているのではないか。——しかし、

（まさか）

とも思っていた。そんなときは、いつもむしろ高力のために思いかえすのである。高力という男は、ただの痩《や》せ浪人ではなさそうだった。町人や渡り徒士《かち》、寺侍などが相手のちっぽけな町道場を、この金まわりのいい才子肌の男がねらっているとは、ちょっと考えられなかったのである。

（なにか、骨節のふとい事をたくらんでやがる）

それが何であるかが信吾には永くわからなかったが、最近、この男には奇妙な場所で遭った。例の大川端の材木置場で、信吾が得体の知れぬ山伏の指揮する刺客団におそわれたとき、闇のなかでたしかに見定めた数人のなかに、この高力らしい男がまじっていたということであった。それだけではない。信吾はこの男に斬られそうにさえなったのだ。あやうく地をころがって落ちてくる刃《やいば》を避けたが、あれが真昼だったらどうなっていたかわからない。

（山伏が紀州隠密の首領だとすると、この男どうなのだ。隠密そのものではないか）

おそらく、練心館に食い入ってなにかをさぐり取ろうとしているに相違ない――

と、そこまでは、この白い顔の浪人者の正体に目星はつけていた。

(そうだ)

信吾は、高力から受けとった木刀を左腕にはさみ、脂《あぶら》ですべらぬように掌《てのひら》を手拭で丹念にぬぐいながら目の醒めるような思いで気付いた。

(こいつあ、おれの敵なんだぜ、信吾)

そのとおりなのだ。信吾が公儀隠密になった以上、紀州隠密臭いこの男は、当面の明瞭な敵になるはずだった。

(敵。――)

信吾は、心のなかでつぶやき、その文字をうかべていた。うまれて以来、鳥越明神横の兄の家で部屋住み以外の生活をしたことがない信吾は、自分の役目や生存上の「敵」というものを、実感をもって感じたことがなかった。

(こいつが、おれの敵か)

むしろ、新鮮とさえいえる実感で、高力伝次郎の顔をつくづくと見た。

高力の表情がわずかに動いて、

「柘植さん」

といった。

「何をうっそりと考えこんでいる。用意はできたのかね。それとも、臆したのかな」

「いや、ちょっと考えごとをしていた。先夜、大川端の八番堀のそばの材木置場で遭った男はひどくあんたに似ていたが、あんただったろうか」

「私は駒形町に住んでいる」

高力は冷笑をうかべたまま、いった。

「宵か夜中か知らないが、大川端の八番堀くんだりまで血迷って出るはずがあるまい」

「それが、だいぶ血迷っていた。私は、あやうくあんたに似た男に斬られかけた」

「ひまばなしはよすがいい」

高力は、わざと月代《さかやき》をのばした額《ひたい》に手拭をあてて鉢巻を結ぼうとしたが、ふとそれをはずして、道場のすみへ捨てた。

「汗止め《あせど》をするほどのことはなかろう。用意はできたのか」

「用意は、疾《と》くに出来ている。あんたがその気にさえなれば、いつでも打ちこんでくればいい」

信吾は、不敵に笑った。高力はむっとしたらしく、

「なぜ、仕合《しあい》なら仕合らしく礼を踏まない」

「仕合？」

信吾は、両手で木刀の両端をつかみ、顔だけを高力にねじむけるようにしていった。

「たれがあんたと仕合をする、といったかね。わすれたか、私は道場へ出ろ、といっただけだ」

「道場へ出ろ、といえば仕合をすることときまっている。それともあんたは――」

高力がいった。

「道場で、わたしに酒でも飲ませて機嫌をとるつもりだったのかね」

「喧嘩《けんか》だ」

「けんか？」

「私はあんたと仕合をする義理も興味もないからね。出ろ、といえば喧嘩にきまっている。喧嘩に立ち合いも作法もあるまい。存分に挑《いど》んでもらっていいことだ」

両脚を心持ひらき、両手を垂れて、相変らず木刀の両はしをにぎったまま、体をななめにして、信吾は高力に云った。

「ふん」

冷笑はしてみたが、高力はやや戸惑《とまど》った様子だった。型どおりに構えない相手というのは打ち込みにくいものだろう。

「ちのさん」

信吾は、高力に対してわざと隙をつくるように、ちののほうをむいていった。

「お顔の色が青いようだが、こんな喧嘩などを見ずに奥へ入られたほうがいい」

ちのは、ちらりと信吾のほうをみた。

――信吾は、

(おや?)

と思った。ちのの目のなかに、ふと憎悪《ぞうお》がかげったのをたしかに見たからである。

ちのは、返事をしなかった。相変らず固い横顔をみせたまま、高力伝次郎のほうをじっと見つめていたのだ。信吾は、手足の冷えてくるのを感じた。

(ちのさんにかぎって、まさか高力と……)

そんなはずはあるまい、と思い込もうとしたが、やがて首すじが熱くなった。信吾はおもわず木刀をにぎる両手に力が入って、

「ちのさん、おれは伊賀者なんだ」

思わぬことをしゃべってしまっていた。

「伊賀者というのは昔の忍び者でね。忍びの術とは人の心の虚《きょ》に棲《す》む陰気な武芸だ。その伊賀者らしい陰険な刀術をおれの家は伝えている。いま、それを見るがいい」

「なぜ、ちゃんと立ち合わないのです」

卑怯《ひきょう》だ、といわんばかりの目を、ちのはした。信吾は苦笑して、

「これで立ち合っているつもりですよ」

立ち居《い》合《あい》というのだ。伊賀者が、塀に貼りついたまま、それに気づかずに通りかかる敵を、貼りついたままの姿勢でわずかに腕をうごかすだけで居合ぬきに両断する刀法なのである。

「柘植さま」

ちのがいった。

「なんです」

信吾は、わざわざ首をまわして、ちのを見た。見たとき、

「――――」

高力はゆっくり近づいてきた。間合《まあい》を二間まで詰め、刀尖をすこし振って中段に構えた。信吾は、ちののほうをむいている。ちょうど高力にすれば一人相撲《ひとりずもう》をとっているようなものだった。構えに気勢がぬけたのか、信吾を挑発《ちょうはつ》しようとしたのか、刀尖を急に、スイと上段へ舞いあげた。

信吾の姿勢はかわらない。

高力は、恫喝《どうかつ》した。気合をかけ、気合の声は高力の腰からずしりと重く落ちて、板敷にひびいた。

しかし、信吾の五体に、反応がなかった。反応を示したとき、この構えの術者は自滅する。信吾は、薄く眼をとじた。

「――――」

高力は、気合をかけた。それよりも早く高力の左足が跳躍し、木刀が信吾の頭上の空《くう》を断ち割ろうとした。

ちのは、目をつぶらなかった。信吾は、うごかなかった。いや、動いた。ちのが気

付かなかっただけだった。左手から木刀が離れ、右拳《こぶし》を軸《じく》に、木刀の黒い影がすさまじく放射して、すぐ左手にもどった。ちのがみたとき、高力が、跳《は》ねあがるように数間とびさがり、すぐ、右手を懐ろに入れた。

　左手で木刀のつかをつかんだまま、刀尖をぶらぶらと垂れている。

　顔が、蒼白だった。

　からだが、つい縮《ちぢ》もうとするのを、必死に堪えているようだった。

(なるほど、こいつも相当なやつだ)

　信吾は思って、木刀を投げすてた。

「ちのさん。布と」

　信吾は、入り口のほうへ歩きながら云った。

「念のためしょうちゅうを持ってきてやることだ」

「柘植さま」

「なんでしょう」

　信吾が見た。ちのの強い視線があった。

「いいえ」

ぽきりと視線を折るようにして目をそらして、入り口のほうへ駈け去った。

(おれは、ちのさんにきらわれているな)

信吾は、ちょっと悲しくなった。高力のほうをみた。

高力伝次郎は、右を懐ろ手にしたまま、ぼんやり冷たい横顔をみせて、武者窓のむこうの青葉をながめていた。

(こいつも、存外いいやつかもしれない)

そう思うと、ふと謝《あやま》ってみたい気になった。

「わるかった。おれには、無頼漢のようなところがある」

ふっと笑い、足をとめて、

「右手の親指は、つぶれてはいまい。しかし、爪は落ちるだろう」

云ってから、すぐ後悔した。なんと傲岸《ごうがん》なことばだとおもった。

「誇らなくていい」

高力は、冷たくいった。ちのが、耳だらいを持って駈けこんできた。青ざめていた。おそらく、体を接して介抱してやるのだろう。

(おれは)

信吾は、手で目を覆って、この場から逃げ去りたかった。

（卑小で、ごみのような男で……）

信吾の気持は、みじめだった。

（傲岸で、乱暴で、女たらしなのだ）

思いつくかぎりの罵声《ばせい》をならべながら、信吾は足どりだけはゆっくりと、心もち肩をそびやかしながら、道場を出て行った。

老忍

（さて）

道場を出てから、柘植信吾は、往来の真ん中にたちつくして、考えた。

（どこに行くか）

あてがないのである。公儀隠密になってみたものの、さてといって、する仕事もないのだ。隠密というのは、もっと神秘的で、もっと多忙で、もっと冒険にみちたものだと思っていたのだが、なんとなく、飼い主を離れて野良犬になったみたいな実感しかおこらない。

(第一、隠密というのは、どこでめしを食うのかな)

信吾は直参の家のふうとして、町人のように昼食などは食う習慣はなかった。しかし、さしあたって今宵《こよい》の食事が心配だった。

(それに、隠密たるおれは、今夜からどこで寝ればいいんだろう)

こまった。信吾の顔を、鳥越橋のほうから吹き起こった風が、砂ぼこりを巻きこんで浅草御門のほうへ駈けすぎた。

(おや?)

その風が運びこんできたような唐突さで、このあさ、お勢以の店の前で見かけた蓑売りが、信吾の前を通りすぎて行ったのである。

こんども、顔がみえなかった。はじめはお勢以の家の戸の節穴から見、二度目はそのあとを浅草寺境内までつけてゆき、三度目は今だったが、たったの一度も、信吾は蓑売りの顔をみたことがないのだ。

（まるで、顔のない男のようだな）

おかしかった。男は、信吾の視角を十分に計算していて、つねに顔をみせないようにする奇妙な技術を心得ているようだった。

（そうだ。あいつが公儀お庭番という、そいつではないのか）

お庭番こそ、将軍の直命によって公儀の諜報に従事する正規の隠密なのだ。松平豊前守は、こんどのこの一件にもそういう男が出ているといった。その隠密は、事件の直接処理をするよりも、むしろおなじ隠密である信吾を監視し、信吾に非違があれば容赦《ようしや》なく斬りすてる役目を与えられているはずなのである。

（ちっ）

信吾は、風のむこうへ遠ざかってゆく蓑売りの後ろ姿を見おくって、唾《つば》を吐きたい思いだった。なんとなく死神《しにがみ》にまといつかれてしまったようで、愉快ではなかった。

（間ぬけめ）

後ろ姿に吐きかけた。

（こっちは何をやっていいのか自分で途方に暮れている隠密なんだ。そんな間抜けた隠密の身辺を大真面目で監視しているなんて、よっぽど間抜けていやがる）

結局、信吾は歩くことにした。両国橋をわたり、またもどって、神田川のふちをぶらぶら歩き、新《あたら》シ橋をわたって医学館の前に出、そのあたりから南に折れたり北へまがったりして、足にまかせてあるいた。

町木戸がしまるころになってから、柘植信吾はもう一度練心館道場の前へやってきた。

昼間は、ちのと高力伝次郎に追いだされるようにして出たこの道場だが、かんじんの平間退耕斎にはまだ会っていなかった。

戸を叩こうとしたが、やめた。また、ちのの切り口上で追い出されるのが業《ごう》っ腹《ぱら》だったのだ。

(忍び入るか)

隠密らしく、そうしようと思った。隠密も盗賊も、仕事の形はかわるまい。信吾の知るところでは、伊賀同心のあいだでは、忍びの術のことを忍術とはいわないようであった。測隠術《そくいんじゅつ》とか偸盗術《ちゅうとうじゅつ》とかと呼ぶ。その名のとおり、盗賊の技術なのである。

家康が江戸に幕府をひらいて、いまの伊賀町に伊賀同心二百人を住まわせたとき、他の町の人々は「あれは公儀の夜盗が住む町」といいならわしたとかいう。信吾は、幼いころから、家に伝わっているその忍びの術を学んできたが、まだ実地には用いたことがなかった。

(侵入《はい》れるかな)

町の借家の壁をつぶして改造した程度の造作だから、門もなく塀もなかった。信吾は、軒端《のきば》を見あげたり、窓をみたり、戸口に手を触れたりしてみたが、かえって入りにくかった。信吾は、父から城館の侵入法を学んだだけなのである。

(そう。裏があった)

思いだした。裏にせまい庭が作られていて、その庭を板塀がかこんでいる。信吾はその板塀のほうへまわってみた。塀の下に立つと、どぶのにおいがした。

刀を鞘ぐるみ抜きとった。

下げ緒《さお》を解いた。

刀のこじりを土の中に埋め、直立させたうえで、下げ緒のはしを口にくわえた。

信吾は、刀のつばに右足の指をかけた。その指を支点として、かるく体を跳躍させ、両手をあげて板塀の上にとりついた。

あとは腕の力で体をもちあげるだけだった。そのとおりにした。上体が塀の上まで出たとき、信吾は刀を引きあげて背のほうに差し、片足を塀のうえへあげると、ひらりと体をひるがえした。やがて塀の内側に音もなくおりた。

（案外、造作はない）

庭といえるほどのものではなかったが、小さなつくばいがあり、雨水がたまっていた。それを古びしゃくですくいとり、雨戸の桟《さん》に流しこんでは、十分に湿《しめ》らせた。

（亡父《ちち》に教えられたとおりだ）

それを一つ一つ想いだした。

大小の小柄を引きぬいて、二本を扇形にして右手にもち、雨戸の底に差し入れて、静かに要《かなめ》をおさえた。がたり、と雨戸がはずれ、信吾はそれを両手でかかえて、体が入るだけの隙間をつくった。

暗い。

なかへ入った。

（退耕斎にお目にかかろう）

信吾は廊下を歩きながら、はっとした。ちのの部屋がそこにある。ちのが臥《ね》ているはずであった。

(下司《げす》め)

自分を叱った。叱りながらも、信吾の足は襖《ふすま》のかげにとまっていた。

(おれは、ちのがすきだ)

耳をすますと、ちののかすかな寝息がきこえた。信吾は、腹に力を入れた。力を入れねば、体の奥から湧きあがってくる奇妙なふるえが、信吾の足を萎《な》えさせてしまいそうであった。

ちのの寝姿を想《おも》った。

信吾は、血の出るほど唇を嚙んだ。

(下司め)

もう一度、自分を叱りつけた。


「たれかな」

平間退耕斎の部屋の外に立ったとき、部屋のあるじは起きていた。身じろぎする気配がして、低い落ちついた声がきこえた。

「私ですよ。柘植信吾だ」

と聞くと、部屋の中で退耕斎があわてる気配がした。

信吾は妙な予感がして、さっと襖をあけた。行灯がついていた。行灯の灯影《ほかげ》で、退耕斎が、紙きれのようなものを座ぶとんの下に敷きこんだところであった。

「なんだ、いま時分」

老いた伊賀者は、不機嫌な顔をして、ふりかえった。

「あなたの真似《まね》をしてね」

かすかに笑った。退耕斎も、つい先だって信吾がお勢以の家に居るところを、忍びこんできたばかりなのである。

「まあいい」

退耕斎は、無理に微笑を作って、

「それが、伊賀者同士の訪問法なのかもしれん。――いつまで立っている」

「座蒲団《ざぶとん》の下のものを」

信吾は退耕斎には答えず、指をあげていった。

「よかったら見せてもらいたい」

「毒だ」

「毒？」

「ああ毒だ。あんたはこの間約定《やくじょう》したとおり」

退耕斎は伊賀の郷士らしく古めかしい言葉をつかった。

「味方には相違ない。しかし、あんたという人は、まだどこか信用しがたいところがある。そういう仁《じん》が、これを見れば毒だ」

「どういう毒なのだろうか」

「欲心《よくしん》がおこる」

「とんでもない」

信吾は、ふくれた。

「私に、人並な欲があればどれだけ私は救われているかわからない。とっくにどこかの旗本の家の養子におさまって、夜なかにあんたと会ってることもないさ。それに、あんたは、いま私を信用しがたいといった」

「いったわい」

「そのとおりだ。私の信用しがたい点は、私に欲が薄いからだ。あんたは、この前、自分の仕事に協力すれば大金を呉れてやる、といったな。それに目がくらんでいれば、いまごろあんたに随身《ずいしん》してずいぶんと信望をえているにちがいない。――ちのさんにも」

「ちの？」

「そうだ。ちのさんにも、すげなく玄関ばらいをくらわされずに済んだだろう」

「あは」

退耕斎は、むじなのような小さな顔にしわを寄せて、満足そうに笑った。

「あれは、わしが云いつけておいたのじゃ。わしが留守中は、柘植信吾などを上へあげるな、とな。そなたが自分でも云うとおり、欲のつよい人物なら御《ぎょ》しやすい。どう考えるか、どう動くかは、ちゃんと筋道があって、こっちの掌《て》にもわかる。欲のとぼしい仁は、その場の興味や理くつ次第で、どう気が変わったり、行動がかわるかもしれぬ。ちのには、そのことをくれぐれも云うてある。柘植信吾には、つねにわしが応対する、立ち入った話をするな、とな」

（なるほど、この老忍めは、よく人を見ているわい）

と思った。現に、信吾は、老人から協力をたのまれたあと、同じ問題で、ひょっとすると老人の敵になるかもしれぬ公儀隠密の任についているのである。なるほど欲のない人間は信用しがたいな、とわれながら思った。方向がないのだ。自分の興味に適《あ》えば、そのほうにつく。

（ひょっとするとおれは節操も良心もなにもない人物かもしれないな）

と、ちょっと悲しくなり、すぐそれを思い返して、

（いや、節操はある。おれは、自分の興味に忠義をつくせばいいのだ。公儀にも、松平豊前守にも、この謎の老忍に対しても、なにも自分を売り急ぐことはない）

そう思いながら、

「おなじ代稽古役でも、高力伝次郎のほうは信用しているんですかな」

皮肉ってたずねた。老人はうなずき、

「まあな」

答えた。信吾は念を押すように、

「高力伝次郎をねえ」

「そうだ。あの男は見所《みどころ》がある。場合によっては、ゆくゆくちのと娶《めあわ》せて、この道場をゆずってもよいと考えている」

「ちのさんは、それでいいのですか」

「憎からず思っているようだ」

「目のない父娘《おやこ》だな」

「なに」

「怒ることはない。目がない、といったまでですよ」

(あいつは、紀州隠密なのだ、と云ってしまおうか)

と思ったが、退耕斎がこのとき信吾の顔を覗《のぞ》きこむように、目もとだけで笑い、

「妬《や》いているようだな」

といったので、だまった。勝手にしろ、とも思った。

信吾が怒ったので、老人はかえってあわてて、

「怒るな」

「怒ってはいない」

「高力のよいところは、欲のあることだ。わしはその欲を餌に、さまざまとあやつることができる」

「目のないお人だな」

「なぜだ」

「高力伝次郎という浪人者は、あんたが考えているよりもずんと役者の上の男ですぜ。いや、高力役者はたいしたことがなくても、そのうしろに居る座元が大きい。たかだか、こんな町道場や道場の娘をねらっているような欲ではなさそうだ」

「やはり妬いている」

「なるほど妬いているかもしれませんがね」

信吾は、すこし投げやりに云いすてた。この平間退耕斎というのは、もうすこし老《ろう》獪《かい》で幻怪な老人と思っていたのだが、存外、単純でお人好しで、だまされやすくできていることに、落胆さえ覚えたのである。

（人の好い伊賀者など、まるで毒のない河豚《ふぐ》のようなもので、お笑い草にもならない）

と思い、また、

（大変だぞ。このままでは、この人の好い伊賀者とその小娘は、紀州隠密どものためにいいように料理されてしまうだろう）

とも思った。

（おれは公儀隠密だから、この父娘を紀州隠密の奸計《かんけい》から護ってやることも役目のひ

とつかもしれない）

顔をあげた。

退耕斎の眼と合った。

「なにかね」

と、老忍は自分だけでは十分に狡猾《こうかつ》なつもりでいるらしい表情で訊《たず》ねた。

「例の一件。——」

と、信吾はいった。

「例の一件とは？」

と、老忍。——信吾はせきこむように、

「安羅井国のこと、じつはおれは先刻承知なのだ」

え？　と退耕斎はめずらしく人間らしい驚きを示し、「知っているのか」とつぶやいた。

「その件まさか高力には頼んでいますまいな」

「頼んだ」

「えっ」

信吾は、おどろいた。まさかそこまで高力を信用していようとは思わなかったのである。

「ほんとうですか」

「本当じゃわ。同じようなことを頼んだ。当然だろう。おなじ当道場の代稽古だからな。腕はあんたとは甲乙がないし、門弟の人望はあんたよりはあるし、それに第一、欲がある。あんたは、わしが金を呉れてやるというても受けとらなんだが、高力伝次郎は受けとった。あんたより信頼してよかろう」

「なるほどねえ」

信吾はあきれながら、

「すると、私はどうなるのです」

半ば冗談口調でいった。

「従前どおり、ご昵懇《じっこん》していただく」

退耕斎はいい気なものだった。

「安羅井については、いったん秘密を知った以上、協力ねがわねばならない。伝次郎を主とし、あんたを従とする。伝次郎をたててわしとちのをたすけてもらいたい」

（公儀隠密と紀州隠密が老人を助けるのか。これは大変なことになるぞ）

そう思いながら、さすがに返す言葉がなく、信吾は老人を見つめたまま、

「あんたは、いいお人だ」

としか云えなかった。

「そうでもない」

老人は、歯の抜けた黒い歯ぐきをみせて、にっと笑った。

仏国土

信吾は、このあたりで、この練心館道場の老人とちのをめぐって起こっている奇妙な事件を、整理してみる必要がある、とおもった。

（そういえば、あれだな……）

膝をたたく思いで気付いた。事件について老人と、十分に意見を交しあったことは

まだなかった。

「うかつでしたなあ」

信吾は、それに気付くと、唐突にわらった。

「なんだ。どうしたんだ」

老人は、信吾の頭の中の独《ひと》り言《ごと》までわからないから、おどろいた顔で信吾をみた。

「たとえば、ですよ。一斎さんの下手人のことだ。およその見当があなたにはついているはずじゃないかと思うんだ」

「下手人は、わからない」

「うそはききたくないんだ。正直に云ってほしいな。あなたは協力してくれ、といった。私も、できるかぎり協力したい。しかしあなたは、最初から奥歯に物のはさまった云い方でしか、私に語っていない。これでは、肩の入れようがないではないか」

「頼む。言葉をつつしんでもらいたい。——そう、そうだ。老人というのは」

平間退耕斎は、急に臆病《おくびょう》な表情になって、

「あんたも年をとればわかると思うのだが、こう老いぼれてしまうと、若い者がこわくなる。春駒が前脚をあがいているような物の云い方をされれば、まず体でまいってしまう。気がおどおどとしてしまうようだ。たのむから、言葉に気をつけてくれ」

（ずるいな）

それが、老人というものの劫《こう》を経た腕なのだろう。信吾が問いただそうとすると、スイと語気をそらせてしまうのである。いままでは、その手で、話題が事件の核心に来ると、いつもくねくねと身をかわされてきたような気がする。信吾は、今夜はそうはいかないぞ、と舌を出して下唇を丹念にぬらし、

「本当に知らなければ、私が教えてやってもいいんだ」

「わしは、知らないぞ」

「だから、教えてあげようというんです」

「教えてもらわなくてもいい」

この人の好い伊賀者は、やはりなにか隠しているようだった。信吾は、濡れた下唇を手の甲で拭《ふ》くと、

「気に入らなきゃ、力ずくで教えてもいいんだ。——すこし、これは手荒だが」

老人は飛びのいた。それより、信吾が老人の右手首をつかむほうが早かった。手首の骨がくだけるほど痛かった。

「痛い。そこは骨が枯れている。くだける。はなせ」

「仕様がないんだ」

「なぜじゃ」

「あんたは人が好すぎるし、耳も目も呆《ぼ》けている。力ずくで聴かさないと、きこえないのだろう。さて、云うぞ」

腕をねじあげた。痛みにたえかねたのか、老人の顔はぐらりとゆれて信吾の胸もとにやってきた。耳を、自分から持ちこんでくる形になったようだった。

信吾は、その耳に口をつけた。

「下手人は、顔のいかつい山伏だ。私はその同じ昼に、池田内匠頭様の屋敷前で会っている。擦《す》れちがっただけだが、落ちつきのない顔だった。その後、大川端の材木置場で何の理由か、私を襲った一団があった。その首領が、どう考えても、あの山伏らしかった。練心館道場の用人格である鏑木一斎を殺したのも、私を殺そうとしたのも、そのおなじ山伏なのだ。――ご老《ろう》」

「放せ」

「もうすこし、我慢してくれ。……ご老は山伏というものについて詳しいだろうか」

「山伏には、二つの流儀がある。山城国宇治《やましろのくにうじ》の醍醐《だいご》三宝院門跡《もんぜき》を本山とする当山派と、京の聖護院《しょうごいん》門跡を本山とする本山派がそれだ。私は調べてみた。当山派は真言密教を信奉し、本山派は天台密教を修法《ずほう》の本義にしている。教義だけではない。装束もちがう。おなじく兜巾《ときん》を頭にいただき、鈴掛衣《すずかけごろも》をつけていても、ひと目でわかるようになっている」

「痛い」

「のんきな話はよせ」

老人は、顔をしかめた。信吾は、いった。

「しばらく」

「しばらく、どうするんだ」

と老人が云った。

「しばらく聞いてほしいんだ」

「腕をねじあげなければ、話せないのか」

「このほうがいい」

信吾がいった。老人は赤い顔をして、

「勝手なことを云うな」

腕をねじあげられているのは、こっちなのだ、と老人は苦情を云った。腕をねじあげられたままで、山伏の講釈をきかされてたまるか、ともわめいた。

「静かに。ちのさんが起きてはこまる。あのひとは、私は苦手《にがて》なのだ」

「ちッ。ちのを起こしてやる」

老人はわめいたが、信吾はとりあわず、

「それで、私の記憶では、だな」

といった。

「あの山伏の装束は、当山派だ。当山派といえば、この近所に、醍醐三宝院門跡の江戸屋敷がある。俗に、浅草の山伏屋敷といっているのがそれだ。山伏は、当然、その山伏屋敷にいるのだろう」

「早く云え」

「そうだ、早く云おう。浅草山伏屋敷全体がくさいか、それとも、怪しいのはその山伏ひとりで、たまたま山伏屋敷に寄寓《きぐう》しているのかもしれない」

「早く云ってくれ」

「ところで、山伏はだな。この地上のどこを仏国土《ぶっこくど》のごとくあがめているか知っているか」

「質問は、はぶけ」

「省《はぶ》こう。それは、大和の三上ケ岳《さんじょうがたけ》（大峰山《おおみねさん》）であり、その峰つづきである紀州熊野の峨々《がが》たる大山塊だ。なぜ、山伏たちが仏国土としているかという縁起《えんぎ》を探《たず》ねると……」

「縁起などはよいわい」

「せっかく調べたんだ。白雉《はくち》元年、というからいまから千二百年ほど前に、その山にはじめてのぼった人物がいる」

「そんな昔に登った人物がいるのか」

老人は、信吾の機嫌をとり結ぶような口調で云った。

「いる」

「痛い」

「役《えん》ノ小角《おづぬ》という名の仙人で、葛城《かつらぎ》、二上《にじょう》、高野《こうや》、牛滝《うしたき》、神峰《じんぽう》、箕面《みのも》、富士《ふじ》、豊前彦山《ぶぜんひこさん》など天下の名山をはじめて開き、ついに飛翔術《ひしょうじゅつ》まで心得たという人物だ。山伏の元祖で、神変大菩薩《じんぺんだいぼさつ》という諡《おくりな》までおくられているが、ひょっとすると、伊賀流忍術の祖でもあるかもしれない」

「ばか。伊賀流忍術の祖は、聖徳太子の諜者御色多由也《おいろたゆや》だ。しかし、いまはそんな論議をしたくないのだ」

「が、御色多由也より、三十年ばかりも古い人物だぞ。御色多由也の師匠であったかも知れない」

「論議はよそう」

老いた伊賀者は、顔をしかめた。信吾はうなずいて、

「ところで、さっきの仏国土だ」

「まだ、仏国土のくだりか」

「それを云わなければ、本論が出てこない」

「本論をやってくれ」

「仏国土だ。役ノ小角は、晩年はじめて熊野連山の主峰和州三上ケ岳の絶巓《ぜってん》にのぼり、四囲の山々を見まわしたところ、小角仙人の目には、この風景があたかも一輪の巨大な蓮《はす》の華《はな》にみえた。わが座する——つまり小角が結跏趺坐《けっかふざ》している三上ケ岳の絶

巓は蓮華《れんげ》の芯《しん》であり、北は大和、東は伊勢、南は熊野の海原にまでつづくまわりの雲上の峰々は、まるでその芯をとりまく花びらのようにみえた。巨大な蓮華のようにみえたのだ。そのまま、すわっていると、あたかも極楽浄土の蓮華の上にすわっている菩薩のような気がしてきた。かれは、少壮のころから天下の山を登りめぐってきて、ついに仏国土を得た。すわれば、即身成仏《そくしんじようぶつ》するというのだ」

「放してくれ」

「その仏国土は、いまも、天下の山伏によって引きつがれ、護りつがれてきている。この山々はいまはどこの所領か」

「天領《てんりよう》（幕府の直轄領《ちよつかつりよう》）と紀州徳川家の領地だろう」

「その領地のすべてが山だし、いまだに山伏や樵夫《きこり》はおろか、鹿を狩る猟師も踏み入ったことのない土地も多いという。領地というは一応のとりきめだけで、公儀も紀州藩も知らない土地がたくさんあるのだ。――平間さん」

「なんだ」

老人は、柔和《にゆうわ》な顔になった。信吾が手をゆるめたからだ。

信吾は、膝のうえの老人の顔をのぞきこむようにして、

「安羅井《やすらい》の隠し国というのは、いま云った仏国土のなかの、いずれかにある。——そうだったな、ご老」

「まあ、そうだ」

老人は、不承々々《ふしようぶしよう》こたえた。信吾は、

「しかし、この仏国土というのは、たまたま世の成り行きのために公儀や紀州家の所領になっているが、真の領主であり、領民である者は——」

と云いつつ、もう一度唇を湿らせて、

「山伏だ。——ちがうか」

「…………」

なぜか、老人は黙ったまま答えなかった。信吾は、老人が答えようが答えまいが、しゃべるだけは、しゃべるつもりだった。しゃべることによって、自分がばく然と考えていることを整理してみるつもりだった。

「そう。山伏なのだ。かれらは、仏からこの国をもらったと思っている。この吉野(大和)、熊野の大山塊を馳駆《ちく》している山伏こそが、この領国の真のあるじだし、民な

のだ」

「まだ、いる」

老人がいった。

「ほう、まだ？」

信吾は、ぽかんと口をあけた。老人はつづけた。

「あの土地のすべてが仏国土ではない。役ノ小角が熊野にあらわれたよりも、もっと古くよりあの雲の上の土地に、小さな国を建てて、ひそかに棲《す》みつづけている人間がいる。忘れてはこまる」

「安羅井の隠し国か」

「そうだ」

「しかし、そこは、やはり、人が棲むのか。まさか、天狗まがいの者ではあるまいな」

信吾は云いながら、お勢以が九つのとき、この道場へ入ってきたという二ひきの天狗の話を思いだしていた。子供の目だし、その頃の記憶だから、あまり当てにはならなかったが、もしそれが安羅井の隠し国からきた使者だとすると、人ではなく、天狗ではあるまいか。

「そんなことは知らん」

老人は、棒をへし折ったような口調でいった。

「知らんではこまる」

老人の口調を真似《まね》た。

「わしは、なにも知らんのだ」

老人は云った。なるほど、考えてみると、それは老人の本音《ほんね》かも知れなかった。お勢以の記憶や、松平豊前守、それに老人自身がわずかに洩らした所などを総合すると、老人は、隠し国の人間ではなく、隠し国から傭《やと》われて江戸に駐在している孤独な伊賀者にすぎないようであった。たとえていえば、先年、安政条約ののちに阿墨利加《アメリカ》からきて伊豆下田に住んでいた夷人《いじん》のハリスのようなものだろうか。

（いや、ハリスとも、すこしちがうな）

信吾は、考えた。隠し国の権益保護について幕府の要路と折衝する役目は多少駐劄《ちゆうさつ》公使に似ているが、しかし平間退耕斎は、世間にはあくまで身分を秘さなければならなかったし、第一、派遣国の存在そのものも晦《くら》まさなければならなかった。しかも、秘密公使の退耕斎自身がその国の人間ではなく、単に仕事を請け負っているにすぎないのである。そんな公使があるはずはなかった。夷人の使臣というのは、攘夷浪人を狂気させるほど傲然《ごうぜん》としていたが、この古びきった忍者は、まるで、狐狸《こり》のように人の目をはばかり、世をくらまして生きていた。

「仏国土はいい。話を、一斎さんを斬り、私を斬ろうとした例の山伏にもどそう」

信吾は口をひらいて、

「あいつは、その仏国土なるものを馳駆している山伏の族類のひとりなのだ。——ところが、紀州藩は、安羅井国へゆく道を知りたがっている」

しゃべりながら、信吾は肚《はら》の中で、

(むろん、安羅井国への道は公儀も知りたがっている。——だからこそ、おれを隠密にしたのだ)

それを隠して紀州隠密のことばかり云っているおれは悪人だな、と自分がすこし嫌《い》やになった。

しかし、信吾のいう「本論」というのはこれからだった。

「紀州家がその道を探索しようと思えば、熊野に明るい山伏を使うのが早道だ。当然、山伏を隠密にする。いや、推察でなくて、現実の話なのだ。一斎を斬り、私を襲った山伏こそ、紀州家の隠密なのだ」

「…………」

話が肝腎《かんじん》のところへ入ると、退耕斎は魚のような顔になって、だまってしまった。

「隠密は隠密でも、あの山伏は頭《かしら》であるらしい。頭なら、配下がいる。——その配下のひとりが」

高力伝次郎だ。

と云おうと思ったが、信吾は、言葉を呑んだ。云えた義理ではないのだ。

(こっちも、公儀隠密だからな)

なんだか、自分だけがいい子になって相手を密告するようで、信吾の中の男の一分《いちぶん》がゆるさなかった。

「ところで」

信吾はいった。

「あの山伏が紀州隠密であるとすると、なぜ当道場用人格鏑木一斎を殺さなければならなかったか、ここが要《かなめ》だ。ご老《ろう》、あんたはその要を云わない」

丹生津姫草紙《にぶつひめぞうし》

雨戸が鳴った。

信吾は、老人を組み伏せながら、眼をつぶり、耳を澄ました。

風だろう。

風の夜が、このところ多かった。

「さて、話の続きだ」

信吾が、再び老人に目を落して、いった。

「もう一度云おう。あの山伏が、だ。あの男が紀州隠密であるとすると、なぜ、縁もゆかりもなさそうな、当道場の用人格鏑木一斎老人を殺さねばならなかったか。――私は、ここんところがよくわからない。むろん、ご老、あなたはそのわけを知っている。知っていて、けろりとした狸顔《たぬきがお》をきめこんでいるのだ。しかし、その狸顔の皮を一枚はぐれば、あほうと書いてあるかもしれないぞ。自分では利口でずるい狸だと思いこんでいるようだが、どこかの大むじなにかかれば案外、たあいもない呆《ぼ》け狸かもしれないということを、知っておかれるがよい」

「呆け狸？」

組み敷かれながら、平間退耕斎老人は心外《しんがい》な顔をした。

「呆け狸とはなんだ」

自分では、りっぱな狸だと思いこんでいるようであった。

「なぜ、鏑木老人は殺されねばならなかったか。頼むから、そのわけを私に教えてくれないか」

「殺したのは、わしではない」

「あたり前だ」

「従って、わしが知るわけがない」

「しかし、およその推量はつく。そうだろう。な。私の知りたいのは、その推量だ」

「言葉が荒すぎる」

「私の？」

「そうだ。それに、腕もいたい。こんな仕打ちに遭《あ》わされていて、口が利《き》けるとおもうか」

「残念ながら、ご老」

信吾は微笑《ほほえ》んだ。

「私は、手をゆるめませんよ」

「なぜだ」

「理由は、あなたの帯にある。——これは」

信吾は、いきなり老人の帯に手を入れた。

「うっ」

老人は、もがいた。

信吾は、老人の帯の間から抜きとった細いなめし皮の針鞘《はりざや》をつまみ出した。鞘には、にぶく光る銀針がさしこまれてあった。畳針ほどの太さで、二寸五分はあるだろう。

「これは、なんです。油断のできぬお方だ」

老人の顔の上にかざした。

「毒が塗ってある。あなたは、帯に指を入れようとして、ときどき妙なそぶりをした。これでは、うっかり、手をゆるめるわけにもゆくまい。そうでしょう」

「ちが……」

「ちがうことはない」

「――――」

老人は、にがい顔をしてだまった。

「それなら一斎さんのことは、あきらめよう。いつかあなたが素直に話してくれるときが来るだろう。お狸さん」

「なんだ」

「それまで、待つことにする。それと、――これは自分の口から言いにくいことだが私のことだ。あなたは、さっき、欲心のない人間は信用しがたいといった。金で働く人間なら、金でおさえれば、もうその一手だけで心の動きも体の動きも、掌《て》のうちでわかるゆえ、信用することができる、といわれた。そのとおりかもしれない。しかし、私のように欲心のうすい者にも、取り柄があることをわすれないでもらいたい」

「どういう取り柄だ」

「侠気《きょうき》だ」

「遊び人のようなことをいうな」

「ちがう」

云ってから信吾は、もう一度耳をすました。廊下で、人が息をつめている気配がしたのだ。すばやく指を動かして、脇差から小柄を抜き、掌《てのひら》の間につつんで、再び老人をみた。

「遊び人の侠気は、自分の名と顔を売るための商売上の小道具にすぎないが、私のはどうやらちがうようだ。じつをいえば、武士の家にうまれ、次男坊として育った。幼いころから、剣を学び、忍びを学び、応分に心を練った。しかし、この先、私の一生に何があるだろう。どこか、小旗本か、諸藩の家士の家へ養子に行き、養家を絶やさぬための子種をつくるだけのことではないか。それが、私という武士の道なら、すこしさびしすぎる。それくらいなら、私は町人になって一生お勢以の店の燗番《かんばん》でもする。じつは私という男は、われながら、あまりいい奴ではなさそうだ。しかし、私は若いのだ。老人になればあなたのように食えぬ男になるかもしれないが、まだ若い。なにか、自分の血の燃えるものをさがしている。燃やす火口《ほくち》になるものが、私の場合は侠気だ。私は侠気のたねをさがしている」

「青臭いことをいうな」

「若いからね。青臭いだけが、若者の取り柄だろう。私の青臭さを買ってくれる気にはなれないか」

信吾がいうと、老人は、

「だから、金を出そうというのだ。それを受けとらない。従って、こっちは買うた気にはなれぬ。買うた気になれぬゆえ、信用することもできぬ」

「呆け狸」

信吾は苦笑して、

「ちっとも話がわかってくれていない」

「こんな乱暴な男の話がわかるものか」

「その乱暴者が、最後に、一つ頼みがある」

老人は、警戒しながら首をねじって信吾の顔を見あげ、なんだ、と小さな声でいった。

「これだ」

「あっ」

信吾は老人の体を放すや、ぱっと跳《と》んで老人が敷いていた座蒲団の下の物をさらうと、ぎらりと刀をぬいた。

「動くな」

信吾の刀の鋩子《ぼうし》が、老人ののどもとにぴたりととまった。行灯の灯あかりが焼刃に映えて、匂うような光を湧きあげた。

「おのれ、痴《し》れ者《もの》め」

老人がうめいた。

「痴れ者ではない。——ただ、これが」

信吾は左手に持った物を、膝頭《ひざがしら》の上でばんばんとはたいて、

「見たかっただけだ。見てしまうまでは、動いてもらってはこまる」

信吾は、立ったまま、右足をそろりとまわして、行灯をひきよせた。引きよせてから、はっと目を見ひらいた。

そのとき襖が、すうっと、ひらいたのである。

ちのだった。

彼女は、部屋のなかの光景をみて、口を開くかわりに、ほっと、下唇をまるくちぢめた。さすがに顔の色が青かった。

「柘植さま。いつから、夜盗になられたのでございますか」

胸もとのあえいでいるのが、信吾の目にもわかった。信吾は、ばつのわるそうな顔をしたが、鋩子だけは微動もさせなかった。鋩子をつきつけられている老いた伊賀者は、せめて坐りなおそうとした。しかし信吾は、きびしく、

「動かないで下さい」

といった。ちのの前だから、つい老人にまで鄭重《ていちょう》な言葉が出てしまうのが、信吾は自分でもおかしくて、云いおわったあと、くすくすと忍び笑いをした。

「柘植さま。お刀を、お収めくださいませぬか」

「断わる」

信吾は、そう云って、左手に摑《つか》んでいる物を見た。

古びた絵草紙だった。

表紙に、

にぶつひめ明神縁起

と書かれてあった。

「丹生津姫命《にぶつひめのみこと》？　はて、そんな明神さまがあったのかな」

信吾は、くびをかしげた。ありそうな名だった。これは、鳥越明神の神主にでもきかねばなるまいと思いながら、もう一度、表紙を凝視した。

（あっ）

とおもった。

表紙の絵に、女人像が描かれていた。黒髪をながく垂らし、十二単衣《ひとえ》を着て、扇子で白いおとがいを覆っていた。信吾は、いくら無学でも、それが王朝時代の女人装束であることがわかった。

女神の像は、どうしたわけか、たいてい王朝の装束をつけている。信吾がおどろいたのは、そんな時代錯誤の像にではない。

顔である。

信吾は、そっと表紙から目を離して、ちのの顔を盗み見た。

（似ている。……）

似ているどころではなかった。そっくりなのであった。

ちのは、立ったまま、じっと信吾を見すえていた。信吾が、父の平間退耕斎に危害を加える意思があって抜刀しているのではないと覚ったときから、ちのの顔に美しい血の気がよみがえりはじめていた。憤りが、ちのの唇をかすかにふるわせていた。

「ちのさん」

信吾は、また、あたらしい発見をしたように小さく叫んだ。

「あなたは、斜視なのですか？」

云ってから、信吾はしまったと思った。おれは、なんと、だしぬけにつまらぬことをいう奴だ、と自分の頭を叩きたくなった。

「まあ」

ちのが唇を噛んだのを見ると、あわてて、

「気をわるくしないでください。私は、そう思ったまでだ」

余計わるかった。

「柘植さまって、なんというお方でしょう」

無理もない。夜中、他人の家に忍びこんで、いきなり刀を抜いておどしたり、娘に対して唐突に、斜視ではないのか、ときいたりするのは、どう弁解しても、正常な人間のすることではなかった。

(だけど、仕方がない)

信吾は、自分を慰めた。ちのの美しい目は、よくみるとわずかに斜視なのだ。斜視だからこそ、ちのの目に複雑な翳《かげ》や魅力があるのだともいえた。信吾はちのの美しさの秘密の一つを、たったいま発見しえたよろこびのあまり、つい叫んでしまっただけなのだ。

「そんなことより」

ちのが言った。

「お刀をお収めくださいませ」

「いやだ」

信吾は草紙に目を落した。

なるほど、縁起だ。

丹生津姫命という女神が、海を渡って浜辺に上陸し、いくつかの山を越えてから、この絵草紙の中にある山の社《やしろ》に鎮《しず》まるという物語が、大和絵《やまとえ》ふうの極彩色の肉筆で描かれていた。

（おや？）

姫の従者らしい男は、すべて天狗だった。あるくだりには、無数といっていいほどの天狗が、山をわけ入っていた。

海もあり、
浜辺があり、
山の渓流がある。

巨大な嵓《いわ》もあり、
遠くに雪を頂いた高嶺《たかね》がある。

（そうだ）

眼をあげた信吾の頬が、一時に紅潮した。

「ご老。これは、安羅井の隠し国へゆく絵図なのだな」

「ちがう」

老人は答えた。

「きっと、そうさ」

「ちがう、といっているのだ」

老人は、けわしい眼をした。

「ご老は、私がこの部屋に入ってきたとき、これを座蒲団の下にかくした。私がとがめると、見れば毒だといわれた。安羅井国には、おびただしい金があるという。私が欲心を起こして、この草紙の一齣々々《ひとこまひとこま》の絵をたどりつつ安羅井国にゆく。行きかねないから、毒だといわれた。そうでしょう」

「ちがうと申している」

「ご老は、安羅井国に行ったことがあるのか」

「以前、申したとおりだ。行ったことはない」

「行こう」

ちのと老人が、同時に顔を見合わせた。

「ちのさんも」

信吾が、いった。

「この草紙でみると、どうやら、夢のように美しい国ではないか」

「草紙を返してくれ」

「返す」

信吾はうなずいて、

「最後に、ききたい。この表紙にある女の明神さまと、ちのさんとはどうして同じ顔なのだ。表紙だけではない。中の絵の一つ一つに出ている丹生津姫命のお顔が、ちのさんとそっくりだ」

「ちがう」

「あなたはなんでも違うのだな」

信吾は苦笑した。

「返せ」

「ああ、返そう。私は夜盗ではないのだから」

信吾は、老人のほうをむいたまま、草紙を持っている左手をまわして、ちのに手渡した。

ちのは、それを袂で受け、そっと胸に抱いた。

信吾は、ちのを見た。ちのが抱いている丹生津姫草紙の表紙と、その上にあるちのの顔がまったく同じであることに、あらためて驚きをおぼえた。

「帰る」

信吾は、ぱちりと刀を収めた。

「ご造作《ぞうさ》をおかけしました」

「ちの」

老人は、すわりなおしてちのに云った。

「この夜盗どのを、玄関まで送ってやれ」

「かたじけない」

「あいさつだけは神妙なことだ」

老人は、にくにくしげにいった。

信吾は出た。

廊下の冷たい板を踏むと、灯が忍び寄ってきた。

ちのが、手燭をつけて、先導しようとしているのである。

ちのの匂いが、信吾の五官の内側でただよった。

「ちのどの」

信吾は、言葉の乱れてきている当節の青年らしく、ちのを、さんと呼んだり、どのと付けたりする。

「なんでございますか」

「私は……」

信吾は、声がかすれた。

（おれは、どうしたのだ。なにを云いだそうとしているのだ）

「なんでございましょう」

「いや」

闇のなかで苦笑して、

「ちのさんが好きだ、と云おうとしたらしいのですが、声が枯れたために、云いそこなったのです」

「わたくしは、柘植さまが」

「私が？」

信吾は、期待した。

「私がどうしたのです」

「きらいでございます」

ちのが云った。

声が冷たかった。しかし、冷たい中にも、男と女とが二人きりになったときでしか感じあうことができない、まるい湿《しめ》りが声の中にあった。

黒い影

柘植信吾が、ちのに送られて練心館道場を出たとき、西風のなかに遠い鐘を聴いた。

(子《ね》ノ刻《こく》だな)

右裾《すそ》を、ちょっとたくしあげた。すねが風に吹かれて、心持がよかった。ぴたぴたと足の裏をうつ自分の草履の音が妙に気になる夜だったが、胸の中にほの温かく満ち残っているちのの映像のために、信吾は、うしろから自分をつけて来る黒い影に気付かなかった。

うかつだった。信吾は、ときどき、一つのことを思うと他のことを忘れきる癖があった。

そのくせ、信吾は今夜のねぐらのないままに、不敵なことを考えていた。当山流の山伏の本拠であるこの先の醍醐三宝院江戸屋敷に忍びこみ、什器蔵《じゅうきぐら》をこじあけてその中で寝てやろうか、と考えていたのである。

浅草鳥越橋を渡れば、蔵前片町《くらまえかたまち》である。当山流の江戸屋敷は、その町の北側にあり、掘割に面していた。

掘割の水面から、石垣が屹立《きつりつ》している。高くもない石垣であったが、まさか、水の上から石垣をよじて忍び入る気はしなかった。しかし、忍び入れないことはない。わけはなかった。ただ、

(まるで、なんだな。元亀《げんき》、天正《てんしょう》のころの伊賀者が城入りをするような図ではないか)

と、そういう自分の姿かたちが面映《おもは》ゆかっただけだ。

信吾は、いまでも立ちどころに建物の外観のすみずみを脳裏でえがけるほど、十分に検分はしてあった。

当山流江戸屋敷の南隣りが公儀の頒暦所《はんれきじょ》御用屋敷で、北隣りが、白川神職の屋敷である。いずれも、塀一枚が境目になっている。頒暦所御用屋敷には知人もいるから、理由を作って屋敷に入れさせてもらい、その上で当山流屋敷に忍び込む手もあった。

侵入は、どうでもできる。

まず、忍び込んでみることが、いまのところ必要なことだった。紀州隠密の巣窟《そうくつ》とおもわれる当山流屋敷のすみずみまで洗えば、なにかこの事件の鍵《かぎ》がひろえるかもしれなかったのだ。

しかし、妙なことが起こった。

信吾は、西風に追われながら、浅草御門の前の道を東へ歩いていた。どこかで、犬の遠吠えがした。人影は、むろん絶えている。

信吾は、ちののことを考えていた。あの取りすました娘のどこが恋しいのだろう。信吾は自分でもわからなかった。お勢以のほうが、ずっと濃《こま》やかで、親切で、自分を愛してくれているではないか。

(わからない)

なぜ、魅《ひ》かれているのか。

（愚《おろ》かな）

信吾は、いろんな言葉を自分に対して吐きかけた。

（そうだ）

あの取り澄ました娘の粧《よそお》いを剝《は》いで、その裸形《らぎょう》の正体を、残忍な光のもとでとくと見きわめてみたいのだ。それだけのことだ。これは未知なものへの冒険に似ている。おれが、この事件に心を燃やしているのは、事件の正体がわからないからだ。ちょうど、ちのに対するおれの気持も、そんなものではあるまいか。

（愚かな）

理くつを云うことはない。

おれは、ちのが欲しいだけだ。あの女と寝てみたい。ただ、それだけのことではないか。

信吾は、鳥越橋を渡ろうとしていた。

そのとき、風のむきが変わった。

向きが変わったために、背後から来る物音のすべてが、信吾の耳のなかで絶えた。

黒い影が二つ、地上から起きあがった。跳躍した。白刃がふたつ、信吾の頭上できらめいた。

本能といえた。信吾の総毛が、粟粒《あわつぶ》を噴《ふ》いて逆立った。刀を抜くよりも、信吾は、右側の橋の袂《たもと》へ逃げた。目の前に、柳の枝がゆれているのがみえた。これはもう駄目だと思った。

あの間合《まあい》なら、おれは斬られる。すでに、斬られているのかもしれない。あの瞬間、背後で、相手の吐く息が、襟くびにまで吹きかかったのを、信吾はまざまざと皮膚で覚えたのだ。

(不覚だった)

信吾は、泳いだ。

その背後で、どさりと人が倒れる不気味な音が起こった。たしかにその音だった。

(おや)

一瞬の間《ま》にすぎない。相次いで、もうひとりが倒れた。

(たれだ、斬ったのは)

信吾も、いつまでも不覚ではなかった。すでに、くるりと向きを変え、欄干《らんかん》をたて、にとって、刀を抜きはなっていた。目を据えて、闇を見透かしたとき、自分の足もとで、刺客が二人、いずれも背を割られて倒れているのを見た。

「たれだ」

信吾は、声を落して云った。この際、われながら、無能な発言だとおもった。

男がいた。

死骸のむこうから、じっと信吾を見つめて佇《たたず》んでいる。

(あ)

声をあげかけた。

(あいつ、蓑売りの男ではないか)

そうだ。

蓑こそ持っていない。しかし、闇に立つ影は、相変らずの在方《ざいかた》の百姓の風のようだった。

(菰《こも》の中に刀を巻きこんでやがったか)

そうだろう。

男は、背負った菰包みをずらして、抜き身をおさめている様子だった。

（それにしても、凄い腕の男だ）

一瞬にして、声も立たせずに二人を斬り倒しているのである。

信吾の付け人《びと》であり、監視人にもなっているこの公儀隠密は、ゆっくり刀を収めおわると、信吾のほうへ捨て目を送ったまま、だまって横をむいた。

立ち去ろうとするのだ。

（こいつ）

信吾は、唇を噛んだ。このまま、だまって立ち去られては、信吾にとっては堪えがたい屈辱だった。不気味でもあった。影全体で信吾を嘲笑《ちようしよう》しているような気がしてきた。

「待ってもらいたい」

信吾は、刀を収め、闇のむこうへ声をかけた。男は、ゆっくりと歩きはじめていた。信吾の声に、ふと、足をとめた。とめたまま、むこうを向いている。用があるなら、お前が足を運んで来い、といいたげであった。

（動くものか）

信吾は、むっとした。

欄干にもたれながら、
「尊名をうかがいたいものだ」
といった。
男は、むこうを向いたまま黙っている。
(気味のわるいやつだ)
信吾は、かまわずに、しゃがんだ。
死体のそばに、目を近づけてみた。無残な太刀あとだった。一人は、右、一人は左《ひだり》
袈裟《げさ》に割られていた。血の匂いがした。血の噴きだす音さえした。
浪人風の男だった。
いま一人は、山伏の風体《ふうてい》をしている。どちらの顔も、信吾は見覚えがなかった。
(あの山伏の手先だな)
それだけは、推量がつく。いずれも、紀州隠密のはしくれなのであろう。
信吾は、立ちあがった。立ちあがった足で、蓑売りのほうへ近づいた。
「私は、柘植信吾という。あぶない所をたすけていただいて、礼をいわねばならない」

信吾は、男の前へまわろうとした。

男は、顔を見知られたくないのか、ツイと体をそむけた。

背が低い。

それだけしか、わからない。男は、歩きはじめた。信吾は、その背に、

「松平豊前守様から、お手前のことはきいている。差しつかえなくば、お名前をおあかしねがいたい」

「なぜきく」

男は、はじめて口をきいた。ぞっとするほど、いやな声だった。

信吾は、とたんに不快になった。かっと腹立ちがこみあげてきて、

「当り前さ」

吐きすてるように云った。

「なんだか知らないが、私は、お前さんという男に、どうやら二六時中、監視されづめでいるようだからね。こっちのことは、五十も百も承知で、しかも私は、お前さんの名も知らない。そんな馬鹿な話があると思うかえ」

「猫《ねこ》といえ」

「え？」

信吾は、その不快な声を聞きとろうとした。

「猫だ」

「お手前の、それが名か」

「猫といえばよい」

「名か、というのだ」

信吾は云った。

「猫といえ」

信吾は、だまった。

影をみれば、その身ごなし、かたち、匂いまでが、なんとなく猫のようでもあった。

「ああ。云われたければ、これから猫といってあげてもいい。猫、か」

信吾は、鼻で嗤《わら》うように云った。そうとでも云わなければ、この男のもつ不気味さに堪えられなかったのだ。

「――――」

男が立ちどまった。しばらくだまっていたが、やがて冷《ひや》やかな声でいった。

「言葉に気をつけるがよい。私は、お目見得《めみえ》以上の者だ。それに、私はお前の生殺与奪を許されている。謹めば、身を全うすることができる。分別するがよかろう」

それだけ云うと、スイと闇に消えた。

(いやなやつだな)

信吾は、立ちどまって思った。

(あいつとおれとは)

このさき、事件はどう発展してゆくか、わからない。

公儀の、いわば正副の隠密として助けあってゆかねばならないのだが、いずれ、あの冷たい声を、あいつの白刃とともに聞かされる日が来るのではあるまいか。信吾は、そんな予感がした。

(あいつこそ、おれの本当の敵かもしれない)

奇妙な実感だった。この事件の渦中にいる幾人かの男女のなかで、たった一人の味方であるはずのあの男こそ、敵だ、という実感は、信吾の印象から拭《ぬぐ》い消すことができなかった。

(いずれ、あの男に斬られる)

はて、もっとも——、

(斬るかもしれぬ。このおれのほうが)

信吾は、唾を吐いた。

どこへ行こうか、とおもった。

当山流の山伏屋敷へ忍び入る気持は、とっくにうせはてていた。日がわるかった。

(あらためて、出直すことだ)

信吾の足は、いつの間にか、瓦町のお勢以の店へむかっていた。町木戸の小さなくぐりを、二つくぐった。どちらの木戸番も、薄いいびきをかいて居眠りしていた。風はやんだ。やんでしまえば、温かい夜だった。

「お勢以」

雨戸のくぐり戸を、コトコトと叩いた。土間を走る足音がきこえて、すぐ戸があいた。体を差し入れながら、

「なんだ、すぐ出てきたじゃないか」

「わかってたのよ、あたし」

お勢以は、袖でろうそくの灯を覆《おお》いながら、静かな表情で云った。

(変なやつだ)

信吾がそんな顔をすると、お勢以はすぐ察したらしく、

「どうして変なの?」

といった。信吾は、ときどき、そんなお勢以におどろかされる。子供のころから、勘がよかった。そのくせ、すこしも気付いていないふりをして、表情だけは静かな女なのだ。

「なにが、変なのよ」

お勢以は、めずらしく絡《から》むように云った。

「なにも、云っていないではないか」

「わかるわ、その顔」

ろうそくの明りの中で、お勢以の美しい目が瞬《またた》いた。

「変な顔だわ」

「おれの顔がか?」

信吾は、顔の中になにか文字でも浮きでているのではないかと思って、あわてて、

目から鼻にかけてこすった。

「そうよ、字が書いてあるわ」

「うそだろう」

お勢以は、くすくす笑って、

「ほんとう。たったいま、練心館のちのさんと会ってきたと、ちゃんと書いてある。匂いまでするわ」

「ほんとうか」

信吾は、あわてた。子供のころから、お勢以にかかると、信吾はからきし駄目なのだ。

「ちのさんどころじゃない。鳥越橋の袂のところで、あやうく斬られるところだった」

「え」

「妙な男が、私を救った」

「たれなの？」

「蓑売りだ」

「そうそう。あの蓑売りが、けさ、これを柘植信吾に渡してくれと、重い箱をほうりこんでいったわ」

「金か」

「お金らしいわね」

信吾は、二階へあがって風呂敷包みを解いてみると、手文庫ほどの小さな柳行李《やなぎごうり》に、五十両包みの小判が二十個も詰まっていた。

「千両もある」

松平豊前守正質がいった当座の費用とは、この金子《きんす》のことだろう。

(公儀不如意のおりから、せいぜい百両そこそこだろうと思っていたが、これははずんだものだな)

幕府が、安羅井国を奪うことにかけている期待が、異常なほど大きいものであることがこの一事でもわかった。

「千両の支度金か」

信吾は、つぶやきながら、顔が次第に青くなってきた。お勢以がみて、おかしそうに笑いながら、

「馬鹿ね」

「なぜだ」

「貧乏な御家人育ちだから、お金の顔をみてこわくなっているのね」

「そうだ。こわい。おれは、この仕事をするのがこわくなってきた。――お勢以」

「なんなの？」

「この金には、手をつけるな」

「当り前じゃないの、あんたのお金なのに」

「おれも手をつけない。路用の金ぐらいは、自分でなんとか作る」

「一体、どうしたの」

「おれは、公儀の執念が、こわい。この内外多難な時世に、たかが伊賀同心の部屋住みに、千両も支度金をあたえるというのは非常なことだ。それほど、安羅井の隠し国にはおびただしい金が蔵《ぞう》されているのか」

　信吾の目が、灯影できらりと光った。

異変

「信さん」

お勢以が、目をあげた。

「お願いがあるんだけど、聴いてくれるかしら」

「え？」

信吾は、飲みかけの茶碗をおいて、お勢以の顔をみた。めずらしいことだった。お勢以という女は、信吾に対してどんな要求もしてみせたことがなかったからである。おかの女は顔を赤らめて、信吾を見つめていた。ちらりと微笑《わら》って、

「わらう？」

「さあ」

信吾は苦笑した。

「笑う笑わないは、聞いたうえでのことだろう」

「あたしね」

お勢以は、畳の上に左手をつき、右手の指の腹で五十両包《きりもち》の一つずつを撫でながら、

「見たことがないの」

「なにが？」

「こんなにたくさんの小判。だって、小《ち》っちゃいときから貧乏だったもの。いっぺんだけ、小判の山に手を入れて、すくったり、こぼしたりしてみたい」

お勢以は、そっと顔を赤らめた。

「手で？」

信吾がいうと、お勢以は、童女のように、こっくりした。信吾は、思わず噴きだしたが、やがてゆっくりすわりなおして、

「よし」

といった。

「まあ、大きな声」

「やろうじゃないか」

信吾は、腕白のころの明るい表情で大きくうなずき、膝の前の五十両包みを一つ、鷲《わし》づかみにつかんだ。

「お勢以もやれ」

「うん」

お勢以も、一つを取った。信吾は両掌《りょうて》に力を入れて顔を真赤にすると、紙包みが割れて、ざらりと小判がこぼれた。

「ずいぶんと割りにくいものだ。お勢以、これで」

脇差の小柄《こづか》をぬきとってお勢以に渡し、

「裂くがいい」

お勢以は、そのとおりにした。小柄の刃が当たるごとに、五十枚の小判が音をたてて畳の上にこぼれた。

「砂あそびみたい」

お勢以は、おとがいをあげて笑った。信吾が、思わずいじらしくなったほど、お勢以ははしゃいでいた。

「覚えてる？」

お勢以がいった。

「なにをだ」

「天王社の絵馬堂のこと」

「ああ」

信吾も、苦笑した。

九つのときだった。——天王社の建物が一部修築されることになって、左官が入りこんでいた。

そのそばの瓦町の空地で、近所の子供たちが富士山を作って遊んでいた。富士山は泥をこねて、それらしく作りあげた。松の小枝を折ってきて三保の松原を作ろうとしたが、その壮大な砂浜を再現するには、多量の砂が必要だった。たれかが、天王社の絵馬堂に、左官が砂を置いてある、といったことから、子供たちが群がって砂を盗みに行った。たちまち、大規模な砂浜が出来あがった。

ところが、左官の下職《したじょく》がそれと気付いて、棒切れをもって空地へ駈けこんできたのである。子供たちは、わっと逃げ散った。お勢以も逃げた。

信吾だけは逃げなかった。子供心にも、逃げるのは武士の恥だと思ったにちがいない。

走りこんできた下職が、やにわに棒をふりあげたとき、そこに立っている子が、脇差をさしているのに気付いて、

「なんだ、侍の子か」

ふりあげた棒の始末にこまったような顔をした。町家の子と侍の子とが町で遊んでいるなどは、いくらこの下町の浅草でもめずらしいことだったのだ。

物蔭からその光景をみたお勢以は、下職のふりあげた棒を誤解した。いまにも、信吾が折檻《せっかん》されそうにみえたのである。お勢以はわけもわからず物蔭をとびだしてしまった。

「わっ」

下職は、悲鳴をあげた。お勢以の小さな口が、下職の右脚に嚙みついていた。

「こいつ!」

お勢以を引き剝がそうとして、えりがみをつかんだ。お勢以は、離れなかった。下職が棒をふりあげたとき、信吾は一歩進み出て、ぎらりと脇差をぬいてしまってい

た。

「下郎——」

と叫んで下職をにらみつけた、と大きくなってからお勢以はいうのだが、信吾はそんなことはおぼえていない。下職も、九つの子供と渡りあうのも大人気ないとおもったのだろう、棒を捨てて行ってしまった。右脚のふくらはぎに、血のにじんだお勢以の歯形《はがた》がついていたのを、信吾はいまも覚えている。

「これでしまいだ」

信吾は、最後の一つを両掌のなかで割り崩してから云った。

「そう」

お勢以は、畳の上に黄金の山を築きあげた千枚の小判を見つめた。

「手を入れてごらん」

「こう？」

お勢以は、白い手を二つ、その中にさし入れた。お勢以の手の甲が動くにつれて、小判が、きらきらと微妙な音をたてて光った。

「つめたい」

「この金は、一枚のこらず、どこかへ蔵《しま》っておいてくれ」

「うん」

「手をつけたくない」

「縛られたくないから？」

「そうだ」

「お金にも、女にも？」

「――？」

「信さんの癖なのね」

「癖ではない。おれの生き方、といったほうがいいかもしれない。これに手をつければ、名実ともに、松平豊前守の隠密になってしまう」

「変なひと」

お勢以は、ぼんやり、小判を見つめながらつぶやいた。松平豊前守から隠密を命ぜられ、しかも支度金まで下げ渡されてしまえば、それで名実ともに隠密になったわけなのである。支度金を使う使わないは自分勝手の事情だけで、役目に変りがあろうはずがない。それを、公儀の金を使わなければ、そのぶんだけ自分の自由があると信吾は思っているのである。女に対しても、おなじだった。お勢以とは、体のつながりがとっくの昔にできているのに、お勢以の生活の中には依怙地《いこじ》に入って来ようとしなかった。腹のたつほどの明るさで、お勢以とは昔からの幼友達、といった立場を自分でも崩さなかったし、お勢以にもごく自然に強《し》いてしまっているのだ。まったく、そういうことでは信吾の理屈は変だった。お勢以がそれを責めると信吾はきっとこんなことをいうだろう。

「無理は承知だ」

お勢以は責めたことはないが、信吾のいう理屈ぐらいは想像できる。

「その無理な理屈で端寄《はし》せたわずかな空地のなかで、男の夢は生きているのだ。眼をつぶっておくれ」

信吾は、この事件のなかでの自由の立場がほしいのだ。お勢以の居る自分の人生の問題についてもかわりはない。

(ほんとに、変なひと)

好きでなければ、こんな気儘者《きままもの》は箸《はし》でつまんでどこかへ捨ててやるのだ、とおもいながら、お勢以はツト目をあげて、

「信さん」

とよんだ。

信吾は、肘枕《ひじまくら》をついて横になったまま返事をしなかった。目をつぶって、軽い寝息をたてているようだった。

（まあ、いつのまに）

子供のようだ、と思いつつ、立ちあがって掻巻《かいまき》を信吾の上にかけてやった。

信吾は、動かなかった。

目をつぶっていたが、ねむっているわけではなかった。

平間退耕斎が見せしぶった丹生津《にぶつ》姫草紙《ひめぞうし》のことを考えていたのである。

（あの絵草紙一冊さえあれば）

と、信吾はうとうとと考えていた。

（熊野にあるという安羅井の隠し国に行くことができる）

絵草紙は、安羅井国で作った地図がわりのものだろう。安羅井人とは人種のちがう平間退耕斎を江戸駐箚秘密公使に委嘱するにあたって、何かの必要のためにその絵図面を渡してあったものに相違ない。

（奪うべきだった）

まず、それを考えた。しかし、折角、手に入れたあの絵草紙を、なぜおれは素直に退耕斎に返してしまったのだろう、なぜか。

答えは、簡単だった。信吾自身に、その問題はあった。この事件における自分のすわるべき位置を、信吾はまだ決めていなかったからである。

公儀隠密という役目に忠実なら、むろん奪いとってしまう。公儀の意思は、安羅井国の保護などという体《てい》のいいことよりも、もっと直截《ちょくせつ》に、安羅井国が蔵しているという金を力ずくでも押収してしまいたい、というところにあった。信吾がその意思に忠実なら、退耕斎を斬りすててでも、絵草紙は奪いとるのが当然だった。

（しかし、おれは公儀の手先にはなりたくない。柘植信吾は、どこまでも柘植信吾でありたいものだ）

そうは、思う。

ところで、柘植信吾の位置というのは、いったい何だろう。

わからない。その肝腎な点を、当の柘植信吾自身が、まだわかっていないのである。

（これは、滑稽だな）

信吾は、思わず噴きだした。位置がきまらないうえに、信吾はあの老残の伊賀者がなんとなく好きだったし、それに、ちのに嫌《きら》われたくはなかった。そういうあいまいさが、信吾をして、肝腎の絵草紙を、むざむざと退耕斎の手にもどしてしまうはめになったのだろう。

「まあ、そういうところだ」

「寝言《ねごと》？」

部屋の隅で片付けものをしながら、お勢以がこちらをみた。

「うん」

信吾は、お勢以のほうをみて、

「まあ、寝言のようなものさ」

云いながら、とりあえず明朝起きぬけに福井町の練心館道場を訪《たず》ねてみようと考えた。とたんに、くすくすと笑いだして、

（おれは、どうも、のんきな隠密だな）

自分のことながら、柘植信吾という男がおかしかった。

(とにかく、退耕斎をだましすかしてでも、丹生津姫草紙をとりあげることだ。江戸にうろうろしていることはない。絵草紙を手に入れた上で、安羅井国へおれは旅立つ——。そうきめた)

翌朝、福井町への道をいそぎながら、信吾は足どりまでいきいきしていた。とりあえずの行動目標がきまったのだ。旅立つことについての是非は、あまり考えなかった。考えることは、苦手だった。それよりも、行動すればいい。行動すれば、それなりの波紋が起こるだろう。波紋を見てから対応するのが、信吾の性格に適《かな》っていた。

「ちのさん」

練心館の玄関で、信吾はどなった。

「頼みます。柘植信吾だ」

山月と虎を描いた衝立《ついたて》が、信吾の目の前にあった。衝立のむこうが暗かった。その廊下の闇のなかから、ちのの白い顔がうかび出た。

往来から、豆腐売りの通る声がきこえた。

信吾は、ちのを見つめた。顔が、おどろくほど青かった。ちのは、信吾の前には来ず、どうしたことか、衝立に手を触れたまま立っていた。からだを、支えかねているような風情だった。

「どうしたのです」

「柘植さま」

ちのの体が、衝立の横でくずれた。

「どうしたんだ」

信吾は式台にとびあがって、ちのを抱きおこそうとした。しかし、手を触れかねた。

「いいえ」

ちのは、無理に笑おうとした。取りみだしたのを恥じたのだろう。体を起こして、

「いらっしゃいまし」

と手をついた。信吾は、そういうちのをみて、なぜか、むらむらと疳《かん》の虫が起きた。不意にどなってしまった。

「ばかめ」

どなってから、しまった、と口をおさえたが、おそかった。膝をついている信吾の

前で、ちのが、青い顔をあげていた。

「申しわけない」

信吾は、照れ隠しに笑った。

「往来を通る豆腐屋の声がやかましかったので、つい怒鳴ってしまった」

下手《へた》なうそをついたが、ちのの青い顔は聞いていないようだった。必死のふるえを抑《おさ》えながら、

「父が」

といった。

「退耕斎どのが、どうかしたのか」

「亡《な》くなったのでございます」

「死んだ？」

信吾は、呆然《ぼうぜん》とした。

「いつだ」

声が荒くなっていた。

「さきほど」

朝はまだ早かった。

「わたくしが朝の身繕《みづくろ》いをして父の部屋にあいさつに罷《まか》り出ますと、父は心《しん》の臓《ぞう》を後ろから突き通されて、死んでおりました」

「殺されたのか」

信吾は、やにわにちかのを押しのけて、廊下へ走り出た。

（ばかめ！）

心中で叫ぶ者があった。たれが馬鹿なのか。このおれだ、と信吾は唇を噛んで思った。おれがぐずぐずしていたために、事態は先へ突き進んでしまった。

（おそらく、丹生津姫草紙も、もうあるまい）

信吾の白い足袋が、薄目にあいている退耕斎の部屋の襖を蹴りあけた。

卵殻

平間退耕斎は、心の臓を背後から、古い鎧通《よろいどお》しで刺されたまま、うつ伏せになって死んでいた。

信吾は抱きおこした。冷たい両手が、ばたりと畳の上に落ちた。死顔をのぞきこんだ。非命の死にもかかわらず、死顔はいまにも茶でも喫《の》もうとでも云いだしそうな安楽な表情をしていたのは、あるいは刺客は退耕斎と懇意の者ではなかったか。信吾は、顔をあげた。

「ちのさん」

ふり返って、ちのに仏を安置する用意をするように頼んだ。ちのは、黙ってふとんを敷き、香炉《こうろ》に香を燻《く》べた。

「家主に、変死を届け出ないのかね」

用人格鏑木一斎の場合も、病気だといつわった。こんども、それにならうのかと訊《たず》ねてみたのだ。ちのは、うなずいた。病死にするというのである。

「どうしてだ」

「わずらわしゅうございますゆえ」

ちのがさりげなく云った。それ以上触れてほしくなさそうだった。

「では、晒布《さらし》を」

信吾はちのに命じて晒布を持って来させて、退耕斎の体に巻きつけた。

仏の始末がおわると、信吾は部屋の中を見まわした。

違い棚の上に、手文庫が置いてあった。手文庫は、ふたがあいている。後ろを見ると、簞笥《たんす》がひと棹《さお》あった。それも、曳出《ひきだ》しが明け散らかされているのである。

「荒されたな」

じろりとちののほうを見て、

「確かめてみなさい」

「なにをでございます?」

「丹生津姫草紙が無いはずだ」

「えっ」

　ちかが蒼白になった。信吾が、むしろおどろいた。丹生津姫草紙の紛失は、ちかにとって、老人の死にも増した衝撃であるらしかった。

　風が動いた。ちかが動いたからだ。ちかは簞笥のそばに走りよった。信吾はその後ろ姿をみて、

「昨夜、高力伝次郎は訪ねて参りませんでしたか」

「高力様？　いいえ」

　ちかは、簞笥の金具に手をかけ、こちらに背をむけたまま畳に目を落して呟いた。

「来なかったですか」

　信吾は念を入れた。

「いらっしゃいませんでしたわ。なぜ、そんなことをお訊《き》きになるのでございますか」

「いやね」

　信吾は、仏の横であぐらをかいた。

「匂いがしたからですよ」

「どんな？」

「きなくさい匂いがね」

そのとおりなのだ。信吾の見るところ、平間退耕斎を刺したのは紀州隠密のはずだった。それも、顔見知りの者に相違なかった。熟知の者でなければ、いかに退耕斎が老いぼれの剣客であろうと、むざむざと刺されるわけがあるまい。深夜もしくは早朝、高力伝次郎が訪ねてきて、退耕斎となにか密談をしていたに相違ない。その油断のすきをねらって背を刺したうえ、丹生津姫草紙を奪って立ち去ったのだろう。

「ありましたか」

「ございません」

ちのは体から力が抜けたのか、放心したように、ぺたりと畳の上に腰を落した。

「とられたのだ」

「たれにでございます」

「むろん、退耕斎どのを手にかけた人物ですよ」

「たれでございましょう」

ちのの目から涙が落ちた。放心して泣いている姿は、どこかで信吾はみたことがある記憶がよみがえった。

（そうだ。羽衣《はごろも》をとられて天に戻れなくなっている天女に似ている。——）

あらためて、ちのを見た。

（そうだ。丹生津姫草紙は、このひとにとっては、天女の羽衣に相当するのではないか）

舌の上で、自分がたったいま思いついた想念を舐《な》めころがすように試しながら、

「お訊《き》きしたいことがある」

信吾は、いった。

「この平間退耕斎どのは、もとはといえば伊賀の郷士であったことを、お手前は存じておられるだろうか」

「存じております」

「退耕斎どのは、おてて御《ご》であった」

「そのとおりでございます」

「いったい、御実父なのか」

「実の父ではないと聞きおよんでおりました」

「では」

信吾は、心持、腰をのばして、

「実のおふた親は、いずれにおられる」

「存じませぬ」

ちのに、あいまいな表情がかすめた。

「本当か」

「存じませぬ」

「信じよう」

信吾は、語を区切って、

「もうひとつ訊く。丹生津姫草紙という絵草紙のもつ意味を、あなたはよくご存じのはずですな」

「柘植さまは、どんなお資格があって、ちのをそのようにお糺《ただ》しなされます」

「資格？」

信吾は、言葉が詰まった。

「資格などはない。あるとすれば、私は当道場の頼まれ師範代であったというだけです。それと、あなたが」

信吾はちのを見つめたまま、

「好きだからかもしれない。——私は、丹生津姫草紙を見たとき、その絵草紙のなかにある丹生津姫明神の絵像が、いかにもあなたに似ていると思った。まるであなたが丹生津姫であるようでさえあった。それはなぜか、——私は知りたい」

「ちのは存じませぬ」

「ご存じないのか、それとも、私には教えたくないのか」

信吾は、ここが肝腎の所だと思った。ちのの出生の謎と、丹生津姫草紙のもつ意味さえわかれば、この事件の最初の扉はあけ放たれそうに思うのだ。

「どうなのです」

「教えてください」

信吾はつい、功をいそいだ。

「いやでございます」

ちのの表情は、固くなった。唇を噛んだ。

「なぜだ」

「養父《ちち》が」

ちのは、退耕斎の遺骸をちらりとみて、

「亡くなったというのに、その枕もとで遺児に出生のことなどを訊《き》き糺《ただ》すひとが、この世で、柘植さまのほかにおありだとお思いでしょうか」

語気をふるわせながら、いった。信吾は、すわりなおして、

「心外だな」

眉をひそめた。

「私は、退耕斎どのの仇を討って差しあげようと思っている。仇がどこにいるのか、それを確かめるために訊いているのだ」

「仇がわかれば、ちのが討ちます」

「合力させていただく」

「断わらせていただきます」

ちのの目から、ふたたび涙が落ちた。

(駄目だな)

信吾が吐息《といき》をついたとき、襖がからりとあいて、高力伝次郎が立っていた。

「ちのどの。その男を仏の前から追いなさい」

「あ」

ちのは、高力を見た。高力は信吾のほうは見ず、ちのの目をまっすぐ見たまま、

「申しあげておこう。その男は、公儀隠密ですぞ」

「えっ」

ちのは、信吾に顔をむけた。信吾は、黙然《もくねん》としてすわっていた。

(そのとおりだからな)

姿勢を変えなかった。わずかに、佩刀を引きよせて左脇に置きかえた。

「いま、廊下で立ち聞いた。その男に、何もおっしゃらなくて、せめてもの幸いだった。早く追いなさい」

「柘植さま」

ちのは、取りみだしていた。まさか、と信じたくない様子で、

「うそでございましょう。うそでございますね」

「ああ」

信吾は、あくびのような意味不明の発声をした。あごを撫で、ねむそうな顔をして

いる。うそをつこうと思ったが、つきそこなった顔つきなのだ。信吾は不器用だった。

「柘植さま」

「なんです」

「本当でございますか」

「私の家はね、江戸に、笄町《こうがい》（甲賀伊賀町）とか伊賀町という町名の出来る前からの徳川様のご家来でね、いわゆる忍び者の家筋だ。しかし、私は別だよ。お庭番でも徒目付《かちめつけ》でもねえ次男坊の私が、隠密とはいえ一時のお役目にありつくなどは、公儀不如意の折りから、考えられもしないこったろう。いまのは、物知らずの浪人の寝言《ねごと》さ」

「うそをつけ」

伝次郎はあざわらい、

「ち、ちのどの、その男のそばにいてはあぶない。こちらへござれ」

信吾は、刀を抱いて、庭のほうを見た。

（ちっ、明かしてやろうか）

信吾の推測をだ。

「伝次郎、そこもとこそ、安羅井国の財物をうかがう紀州家の隠密ではないか」と。

庭からゆっくり目を移して、そこに呆然としているちのを見た。

(云えない)

息をのんで言葉がのど先まで出たが、信吾はいえなかった。ちのの前で恋仇《こいがたき》の男がどちらも隠密呼ばわりするのは、見あげた趣向ではなかった。

「もともと」

信吾はいった。

「隠密などは、それが公儀のものであれ、紀州家のものであれ」

じろりと伝次郎のほうを見、

「人間のくずのする仕事だ。人間とは、暗がりで眼を光らせているやつよりも、明るい陽の下で、のそのそと油断をしながら歩いている奴のほうがはるかに立派だ。見損《みそこな》うな。この柘植信吾が、飢《う》えたりといえども、隠密などになる男だと思うか」

「血はあらそえまい。この男は、乱破《らっぱ》水破《すっぱ》といわれた賤《いや》しい伊賀者の家筋だ」

「伝次郎」

信吾は、すっと立ちあがった。先祖をはずかしめられた屈辱で、血が頰から引いている。

「斬られたいか」

目がすわっていた。

「斬れればな」

伝次郎は、一歩、部屋の中に入った。ちのはおどろいて立ちあがり、伝次郎と信吾の間へ分け入ろうとした。

「おやめください」

凛《りん》とした声でいった。

「ちのどの、御安心なさるがいい」

伝次郎は、手をあげてちのをおさえ、

「この男は、動けはしないのだ。先日のような狼藉《ろうぜき》をするとこまると思って、私はきょうは重宝《ちょうほう》な供をつれてきた。——柘植さん、ちょっと振りむいて庭を見てもらおうか」

信吾は、はっと庭先をみた。

そこには、見知らぬ若い浪人体《てい》の男が立っていた。

「なんだ、あんたは」

「はじめまして」

浪人は、笑いながら、目礼した。らっきょうのような顔に目鼻だちが定かでなく、口だけが割れたように大きな男だった。

「そこで何をしている」

「ご覧のとおりですよ」

男は、愛想よく笑いながら、

「これが見えないのですかねえ」

「う？」

信吾は、声が出なかった。男が、両手でその両端をにぎりしめている黒い短い棒が、火縄の短筒《たんづつ》であることにやっと気付いたのだ。

「ちゃんと、火縄が燃えていますよ」

男の、横に裂けた口が云った。

「御禁制の品ではないか」

信吾は、この場合にわれながら無能な発言をした。男は、のど奥で笑いながら、

「柘植さん、あんたが松平豊前守の屋敷に出入りしていることは知っているが、いつ奉行所の手先になった」

「なに！」

こうなれば喧嘩だ、思慮も分別もあったものか、と信吾は思い、かちりと刀の鯉口をきって、

「射《う》つなら、射ってみろい」

品のわるい町言葉で啖呵《たんか》をきった。

「催促されなくても、射たせていただきますよ。そのためにこっちは足を運んできたんだ」

一発だ。

一発だけを避ければいい。

あとは、こっちの刃《やいば》でなんとかなる。

(そうだ)

信吾は、男の目の動きに気を使いつつ、大いそぎで懐ろをさぐった。鳥越明神の兄

の屋敷を出るとき、亡父が遺《のこ》しておいてくれた忍び道具のいくつかを持ち出して、お勢以の店の二階に置いてある。そのうちの煙玉《くすだま》というものを一つ、懐ろに忍ばせていた。鶏卵の殻に発煙剤を充填《じゅうてん》したしろものだ。

(こいつを、ぶっくらわせてくれるか)

信吾は、伝次郎の不意打ちにも警戒しなければならなかった。

(しかし、伝次郎は仕掛けて来るまい)

ちのがそこに居るかぎり、伝次郎は自分から刀をぬくことは、まず、なかった。信吾を挑発して乱暴者の位置に追いこんでゆくのは、ちのに対する伝次郎の常套《じょうとう》の手だったし、第一、抜けば、喧嘩上手な信吾に勝てそうにない。おそらく伝次郎は抜くまい。

(ひでえことになった)

信吾は脂汗《あぶらあせ》を流しながら、短筒をにぎる男の眼の表情を注視した。

(やるかあ)

信吾は、卵殻をにぎりしめた。

男の目が動いた。

信吾は跳躍した。

轟然《ごうぜん》と火光とともに音がはじけ、ほとんど同時に男の手もとから、硝薬の爆発する音がひびいた。

（ちっ）

信吾は、平蜘蛛《ひらぐも》のように畳に伏せている。部屋に満ちた煙が薄れはじめたとき、信吾はようやく息を吐き、目をひらいた。

（あっ）

信吾は、呆然と立ちあがった。そこには、男も、伝次郎も、ちのも、そして平間退耕斎の死骸さえ、薄れゆく煙とともに消えはてていたのだ。

（なんと――）

信吾は、自分の頭をなぐりつけたくなった。

（おれは馬鹿な隠密であることだ）

旅へ

煙のなかで、ちのがはっと思ったときは、手足の自由を失っていた。よほど捕縄《ほじょう》術《じゅつ》にたけた男が、縄を仕掛けたものにちがいなかった。

（なにをなさいます――）

叫ぼうとしたが、声が出なかった。さるぐつわをはめられていた。いつの間にあらわれたのか、ちのは数人の男に体を扱われていた。体が浮いた。すべて、一瞬のあいだだった。

玄関の式台の上に、いつ、たれがそこに置いたのか、黒漆《くろうるし》をぬった網代《あじろ》の乗物が置かれていた。

（厭《い》や！）

男たちの腕の中で体をくねらせたが、甲斐がなかった。ちのの目が、玄関の薄暗がりのなかで、黒い光を放っている乗物をみた。

担《かつ》ぎ棒の中央に、ふたつの黄金の金具が打たれていた。紋所に相違ない。

ちのは、もがくことをやめた。紋所を記憶しようと努めた。——

（あっ）

体がふたつに折られ、ちのは乗物のなかに入れられた。引戸《ひきど》が閉まった。かんぬきの落ちる音が聞こえた。

乗物は、ゆらりとあがり、いそいで玄関を出てゆく。——煙の満ちた部屋で柘植信吾が目をあけたのは、そのころであったろうか。

ちのは、憤りに青ざめていた。

高力伝次郎は、柘植信吾を指さして、公儀隠密であるといった。信吾は半ば否定したが、ちのは、こうなっては信吾が隠密であるのを、信ぜざるを得なくなっていた。退耕斎を殺したのも、あるいは柘植信吾かもしれない。

——ちのは、自分を卑劣にも掠奪《りやくだつ》して乗物の中に押しこめたのは、柘植信吾か、その手先の者であることを、疑いもなく信ずるようになっていた。あの男のやりそうなことだ、そうとしか思えないではないか、——あのとき、信吾は煙玉《くすだま》を爆発させた。

煙が、部屋の中に満ちた。ちのの目を奪っておいて、やにわに体に捕縄を打ち、乗物にかつぎ入れた。事は、信吾のもくろみ通りに運んでいる。あの男は、いまごろ、乗物のうしろから、右肩をあげて、例の癖のある歩きかたで、ゆっくりとついてきているはずだった。

ちのは、唇を噛んだ。

ちのは、柘植信吾という男を、きらいではなかった。彼女のつつしみが、信吾に対して秘《ひそ》かにいだいている愛情を、押しつつんでいたにすぎない。

柘植信吾という男が、はじめて練心館道場にあらわれたのは、去年の春のことだった。養父《ちち》の退耕斎は、年も老いたし、もともと、腕にさして自信のあるほうでもなかったから、師範代として頼み入れたのだ。高力伝次郎が、おなじく師範代として入ってきた日より、ひと月ほどあとのことだったろう。

その日の朝、ちのは自分の部屋で茶道具の手入れをしていたが、明り障子のむこうにうぐいすが来ていることを知って、そっと障子をあけた。

狭い前栽《せんざい》があり、この庭に不相応なほどの大きな松と、八ツ手の青い茂みと、古い南天が植わっていた。

(まあ)

鶯《うぐいす》が南天の葉蔭にいるのを、ちのはみつけた。鳥の小さな体が動くたびに、南天の枝が重みに堪えずして、さわさわと動いた。

(めずらしいこと。……)

ちのが倦《あ》かずにながめていたとき、うしろの襖のむこうで声がした。死んだ用人格の鏑木一斎老人だった。

「お入り」

鶯から眼をはなさずに、いった。

「お養父《ちち》うえがおよびでござりまする」

「どんなご用?」

ちのは、この場から離れたくなかった。

「新しく頼み入れた師範代のかたを、お引きあわせなさるのだそうでござりまする」

「高力さまのほかに?」

「これで、お二人になられます」

「どんなひと?」

「まだお若うござります」

一斎老人は、うしろで微笑《わら》ったらしい。この老人にすれば、退耕斎が婿《むこ》えらびをするために二人を招《よ》び入れたと思っているのだろう。

「お名前は？」

「鳥越明神横の組屋敷に住まれる公儀の下男頭柘植与六どのの弟御にて、信吾と申されるそうでござりまする。聞くところでは、天流《てんりゅう》の使い手だそうで」

「すぐ、参ります——。あの、そうと閉めてくださいね。鶯が逃げるから」

「ははあ、鶯」

一斎はちらっと庭先を見て、部屋を出て行った。

一斎が出たあと、ちのは用件をわすれたのではなかったが、部屋を出れば鶯が逃げてしまいそうに思えて、ちのはそのまま、じっとしていた。日が高くなるにつれ、塀の影が次第に後退して、南天のそばにある庭石に陽《ひ》が当たりはじめた。

後ろの襖が、すっと開いたのを、ちのは気付かなかった。

「失礼ですが」

ちのは、はっとふりむいた。これほど驚いたことはない。そこに、大きな目と、いかついあごをもった若い武士が立っていた。

「柘植信吾です。きょうから当道場の師範代を勤めます。お見知りおきください」

ちのは、だまっていた。なんと礼をわきまえない男だろうと思った。女ひとりの部屋に断りもなしに入ってきて、しかもすわりもせずに、上からちのを見おろしたまま、勝手な口上をのべているのである。

「おすわりくださいませぬか」

ちのは小さな声で皮肉をいったつもりだったが、男はきこえないらしく、ずかずかとちののそばまでやってきた。

「なにをしておられるのです」

「庭に鶯がきておりますので、柘植さまのお相手を致しかねます」

「ははあ、鶯も客のうちですかな」

あまり上機嫌とはいえない声だった。その言葉をきいてちのは、この人はなんというひとだろうと腹がたってきた。客としての礼儀もわきまえていないくせに、客として自分を礼遇せよと皮肉めかしく要求しているのである。

「ちょっと失礼」

自分も鶯を見にゆこうというのだろう、のそのそとちのの後ろを通って、障子に手をかけた。

「どこです」

もっと広く開けようというのだろう、ちのがあっと声をあげたときは遅かった。信吾がカラリと明けた障子の音におどろいて、鶯が飛び立ってしまった。空の青さだけが、残った。

「済まぬ」

信吾がちのをふりかえって頭をかき、ばつのわるそうな顔をして、

「申しわけないことをした。客人が飛び立ってしまった」

――そのときの信吾の表情を、ちのはいまでもまざまざと思いだすことができる。

(見かけは不作法だけど、きっと内心は気のやさしい、いい人なのかもしれない)

信吾は、白い歯をみせて笑っていた。顔が浅黒いせいでもあるだろう、歯は驚くほど白く、人柄の意外な素直さをあらわすように、ととのった歯ならびを見せていた。

――その歯をみたとき、ちのは、体の奥に、いままで味わったことのないふしぎな痛みを覚えた。

た。

そういう自分に驚いた。袂で胸を抱かなければ、その痛みがどこかへ消え去ってしまいそうに思えた。体の奥から、血がこころよい熱をおびて沸《わ》きひろがりつつあった。

（まあ。……）

しかし、ちのは、怒ったような顔で、横をむいていた。その姿勢を崩せば、自分がどうなるかわからない怖れが、ちのの体の中に新しくうまれつつあった。——このときの姿勢が、以来ずっと、ちのの信吾に対する姿勢をきめてしまうようになったのかもしれなかった。

信吾は、こそこそと部屋を出て行った。しくじりをしたあとの悪童を見るようなおかしみが、信吾の出て行ったあとのちのの印象のなかに残った。ちのは、ぷっと噴《ふ》き出した。庭の青みの照り映《は》えた部屋のなかで、ちのはひとり袂を口にあて、身をよじらしておかしがった。むろん、ちの自身は、そのときすでに信吾に対する愛情を受精してしまっていることを、自分では気がついていなかった。

その後の信吾は、実のところ、ちのを、腹立たせるために道場へやってくるようなものだった。相変らず、信吾は不作法だったし、ちのの神経を無視したような言動がしばしばあった。そのくせ、突拍子もないときに、「私はあなたが好きだ」といった。そういう男の、そんな手軽な発言を、たれが信じられるものか、とちのは思った。

信吾には女がいる、といううわさをきいたのは、鏑木一斎が変死をとげるすこし前のことであった。ちのは失望した。失望するよりも、そういう男に、すこしでも好意をもった自分が腹立たしかった。

ちのが、高力伝次郎に好意を寄せているそぶりを示しはじめたのは、そのころからだった。ちのは、伝次郎に対してどういう感情ももっていなかったが、信吾が見ているときにかぎって、ちのは、伝次郎に対してどことなく意味のある挙動をしてみた。下世話《げせわ》にいえば、あてつけであり、信吾の気を引いてみる計略であったろう。しかしちのは、自分のそういう計算を、自分自身ではまったく気付いていなかった。もし、自分の底意の中の計算に気付いたならば、ちのは、恥じて自殺をしたかもしれない。ちのとは、そういう女だった。

退耕斎が死ぬ二日前のことだ。

ちのの部屋に退耕斎がやってきて、

「いまからわしが云うことに反問してはならない。わしのいうことを、ただ信じてもらえばよい」と前置きして、ちのの出生の秘密に関する、信じがたいほど奇怪な事実を打ちあけた。

「わしは、お前を子供のころから育ててきた。すでに気付いてはおろうが、実の父親ではない。お前の両親は、すでに十五年前に世を去って居ない」

ちのは、そのことについては、別に衝撃はうけなかった。幼いころから、退耕斎や一斎から、そのことをそれとなく聞いていたからである。

「お前には姉がいる」

「お姉さまが？」

ちのは、声をあげた。退耕斎は、反問をするな、といった。しかしちのは、声をあげないわけにはいかなかった。実父母が死んでいないというのは、何の感動にも値しない古い事実であったが、姉が居るというのは新しい驚きであった。

「しかし、その姉も、ちかごろ死んだという」

「えっ」

ちのは、もう一度驚かねばならなかった。

「数日前、江戸に入ったある男が、それを伝えた。実の両親がすでに亡《な》いというのは、べつにちのの一生には差しさわりがない。しかし、ちのの姉が死んだという事実は、ちののこれからの生涯に大きな関係《かかわり》がある。ちのはおそらく、江戸にはおられまい。わしとも、いずれ別れねばなるまい」

退耕斎は、それからくどくどとちののふしぎな身分について語った。いずれも奇怪な事実に満ちていたが、ちのの耳には、半ば聞こえ、半ば聞こえなかった。聞こえなかった部分は、その姉という女性のことを考えていたからであった。どういう容貌の、どういう性格の女性であったか。訊《き》こうと思ったが、退耕斎は、反問を禁じていた。もっとも、退耕斎自身、その女性を見たことがないのかもしれなかった。

「ゆえに、わしはお前の実父《ちち》でないどころか」

と、退耕斎は急に歯を見せて、淋しそうに微笑《わら》った。

「従者でござってな。いや、正しくは傭《やと》われ者にすぎぬのでござるよ」

「あのう。……」

「訊くまいぞ。なにも。――」

退耕斎は、きびしい顔をした。

「これからのそなたに、云うて聞かせることがある。柘植信吾のことじゃ。あの男の亡父が存生《ぞんしょう》のころ、わしはさまざまと助言や助力を得たことがある。微役の御家人ながら、信頼すべき人物であった。その人物の子ゆえ、わしは信吾を信じて代稽古に迎え、あまつさえ、大事の一部を明かした。わしは、いまその目違いを悔いねばならぬ。あれは、人柄がよくない」

「柘植さまのお人柄が？」

ちのは、とっさに信吾のために弁解しようと思ったが、言葉をのみこんだ。弁解してやる義理もないし、第一、あの男を弁解できるどういう言葉があるのか、と思いはじめると、ちのは理由もない腹立たしさがつきあげてきて、そっと庭先をみた。

「ある男が、わしの耳に入れた。真疑はわからぬが、あの男は、松平豊前守の屋敷に出入りしているという。お庭番でも徒目付でもないくせに、公儀隠密になったという話もある」

「公儀隠密に？」

ちのは、そのとき、まさかと思った。まさか公儀が、あんな粗雑で乱暴な男に隠密のような仕事をゆだねるはずがない、と思ったのだ。

しかし、退耕斎がこれを打ち明けた翌日に、柘植信吾は夜陰忍びこんできて、退耕斎を押えつけた上で、丹生津姫草紙を強引に披見《ひけん》している。

さらにその翌日に、退耕斎は殺された。これらの一連の事象からみて、信吾が隠密でないという反証はどこにもない。ばかりか、退耕斎を殺し、あまつさえ、ちのをたったいま拐帯《かいたい》してゆこうとしている元兇は、柘植信吾その者ではないか。

あの夜、退耕斎がいった。

「わしの身に万一のことがあって、そのほうが独り残った場合は、たれをも信用するでないぞ。どのような甘言をもってちのを誘おうとも、その男の言葉に乗るな。ただひとりだけ、例外はある。それは」

「どなたでございます」

ちのは、高力伝次郎ではないか、とおもった。むろん、柘植信吾ではない。

「男だ」

「男でございますね」

「名はない」

「本当にないのでございますか」

「どんな名をその男が名乗っているか、わしにも見当がつかないからだ。名が何であるかにせよ、必要があれば男は丹生津姫命の絵像をお前に見せるだろう。その男だけは、信じてよい」

「お養父《とう》さまは、その方をご存じなのでございますか」

「その男は、数日前、江戸へきた。わしは、はじめて会った。お前の姉の死のことを伝えてくれたのは、その男だ」

「お姉さまのことを?」

ちのは、伸びあがるような表情で、

「その方は、いまどこにいらっしゃるのでございます」

「わからぬ。もう江戸にはおらぬかも知れぬ」

「まあ」

乗物がゆれた。

暗い中で、ちのはいま乗物がいずれかの屋敷に入りつつあるのを感じた。

その男

退耕斎の死体もなければ、ちのもいない。

高力伝次郎もいなければ、短筒を擬したあの男も、煙とともに天に駈けのぼったようにどこにもいなかった。

柘植《つげ》信吾は、練心館道場の部屋々々を駈けめぐりながら、胸の中に一つ一つの不思議が、唄か囃《はや》しのように湧いては消えた。

なぜ消えたか。

むろん、煙を利して消えたのだ。

その煙玉《くすだま》を焚《た》いたのは、

(この馬鹿な信吾だった)

あまりの敵のみごとさに、信吾は、自分の馬鹿さ加減をわらう元気さえなくなっていた。玄関でしらべると、数人の男の土足の跡が残っていた。高力伝次郎が連れてきたちのの強奪のための人数に相違ない。

(負けた。……)

しかし信吾は、すぐ声をあげて自分を笑いとばした。

(ばかめ。負けてやしない。負けるほどの、どういう行動をおれはした。情けないことに、おれは、やつらに負けてさえ、おらんではないか)

事件は、信吾の想像以上の巨大なものだったし、敵は、信吾が思いはかっていた以上に組織的で、俊敏な能力をもっていたのだ。

(走れ、信吾)

胸のうちに湧きあがるものが、信吾自身に声高く命じた。

(走ろう)

旅に出ることだ。まっしぐらに、熊野の安羅井の隠し国とやらへ、突き入《い》ってしまうことだ。丹生津姫草紙は紀州隠密の手に渡ってしまったが、おぼろげながら、草紙に描かれた山野の記憶は脳裏にあった。

(もし道に迷って野垂れ死したところで、惜しくもない命だ)

信吾は、退耕斎の部屋の襖をあけた。なかをのぞいて、こんどは飛びあがるほどおどろいた。

人がいる。

背をむけていた。

大兵《だいひょう》だった。

武家風の旅装をつけ、しかも、道中に用いる日《ひ》遮《よ》けの忍び笠というものを、室内で悠然とかぶったままなのだ。

男は、物音に気づいて、ゆっくりと体をこちらにむけた。被《かぶ》り物《もの》はとらない。

大きな男だった。すわっているぐあいだけで推し計っても、ゆうに五尺八寸はあろう。

「何者じゃな」

男は、奇妙ななまりで、信吾にたずねた。

「私は柘植信吾といって、この道場の師範代だが」

「平間退耕斎どのは、いずれに参られたか。息女は——。ちのどのはどこにおらるる」

「あなたは」

「名はない」

男は、きっぱりとした口調でいった。

「名のない人にはいえないな」

「いや、ぜひ教えてもらおう。ゆえあって名は名乗れぬが、この平間家とは親戚同然の者だ」

「せめて、お顔だけでも見せていただこうではないか」

「いや、このままで、伺う」

男のいうことが、どこかおかしい。第一、言葉尻がどこか舌甘く、態度も、どうやら信吾を軽んじて振舞っているのではなく、まるで赤児のように世のしきたりを知らないふうがあるようなのだ。たとえば「このままで伺う」と云っているのも不遜《ふそん》からそう云うのではなく、「編笠《あみがさ》のままでも、耳は聞こえる」という程度のごく生理的な理由によるものらしかった。

(ひょっとすると、——)

信吾は、編笠の中の顔をじっと透《す》かした。むろん見えはしなかったが、どうやら目鼻だちの大ぶりな、彫りの深そうな風ぼうの男のようであった。

（この男は、江戸へ連絡にきている安羅井国の国《くに》びとではないか）

「あんたは」

信吾は、相手の編笠の中の動きを見のがすまいと注視しながら、

「安羅井国から来たのだろう」

男は、鈍いながら、あきらかに動揺した。

信吾は、たたみかけて、

「私は公儀隠密だ」

ずばりといった。相手が安羅井国の男なら、いっそ、立場を明かしてしまったほうが有利だろうと思ったのだ。

「安羅井国のことについては、かねがね、私は退耕斎どのから信任をうけていた」

ここは少々うそをついた。

「ところが」

信吾は、相手が動揺から立ちなおるすきをあたえず、つぎつぎとあたらしい事実を投げつける必要があった。相手に、無用の疑問を起こさせないためだ。

「よく聴いていただこう。きょうの早暁、退耕斎どのは紀州隠密の手で殺され、おなじく紀州隠密の手で、ほんの先刻、ちのどのがさらわれたのだ。私も、いまそれであわてている」

「紀州隠密？」

男は、そういう者の暗躍について、すでに十分の知識をもっている様子だった。

「ちのどのまでが」

男はたちあがった。なるほど、大きな男だった。男はぶざまなほど狼狽していた。

「どこへゆく」

すわったまま、信吾がたずねた。

「ちのどのをさがしにゆく」

「心あたりはあるのか」

「ない」

「無理な話だ」

信吾は、眉をひそめた。顔だけは同情ぶかそうな表情をしてみせたが、信吾の内心は、この江戸へ迷いこんできた安羅《やすら》井《い》人《びと》を、おれの側に引き入れて利用してやろうと考えはじめていた。

幸い、相手は、がらこそ大きいが、智恵のまわりはにぶそうだった。

「安羅井人どの。すでに紀州隠密の手に渡ってしまった以上は、いま、じたばたしても徒労だ」

「じたばた？」

ときどき、わからない言葉があるらしい。

「落ちつけ、というのだ」

「そうか」

男は、腰をおろした。

「紀州隠密は、ちのどのを殺しはすまい。女ひとりを殺したところで、何の益《やく》もない」

「女ひとり？」

男は、不満らしい声を出した。ちのの存在を軽視したそんな言葉が、男には心外なようだった。

「とにかく、紀州隠密どもは、丹生津姫草紙をもっている」

「あっ」

男は、また驚かねばならなかった。男の驚きは当然だろう、と信吾は大きくうなずいてやり、

「丹生津姫草紙は、かれらの足に翼《はね》をつけたようなものだ。委細かまわずに安羅井国へ行くにきまっている。もう、いまごろは江戸におらぬかもしれない」

「追う」

男は、ふたたび立ちあがった。

「あんた一人でか」

信吾は、くすくす笑った。失礼だがこんな間抜けが一人で追ったところで、紀州隠密は痛くもかゆくもなかろう、と思ったのだ。

「私がついて行ってやる」

柘植信吾は、ようやく運の神が自分に味方しはじめたように思った。この安羅井人を道案内にさえすれば、安羅井の隠し国へゆくのになんの不自由もない。信吾は、もう一度念を入れた。

「私も行く」

「七五の桐《きり》」

ちのは、つぶやいた。

乗物に打たれていた紋所が一体、何家のものであるかがわかれば、この屋敷の見当もつく。

ちのは、塗りごめの部屋に閉じこめられていた。

窓も、襖も、障子もなかった。壁をくりぬいたほそい出入り口があって、重い杉戸がはめられていた。

杉戸は動かなかった。そとから錠がおろされているのだろう。

外は真昼のはずだが、部屋のなかは夜のように暗く、一穂《いっすい》の灯明《とうみょう》が入れられていた。

（こまったわ）

すでに手足は自由になっていたが、これではどうしようもなかった。

杉戸に虎がえがかれ、まわりの壁に金箔《きんぱく》がはられて、竹の絵が描かれている。

（どうしよう）

ちのは、落ちつかねばならない、と自分に云いきかせた。

懐ろの護身刀だけでなく、かんざしまで抜きとられている。身をまもる手だてはおろか、自殺さえできないのだ。しかし、ちのは、どのようなことがあっても、自殺だけはすまい、と思った。生きのびねばならない。生きのびて、父母や姉のうまれた土地へ戻って行かねばならない。——

(それだけが、あなたの生きる使命のようなものだ)

あの夜、退耕斎もさとした。その土地というのが、どのような空の色の、どのような樹のしげる、どんな顔をした男女のいる土地かは、ちのは知らない。

(あなたもそこでうまれ、四歳の童女のころまで、その土地でそだった)

と、退耕斎はいった。

(憶《おぼ》えていないわ)

ちのは、いらだつほどに、その一事が、はがゆかった。

(ひょっとすると)

そうかもしれない。

童女のころから、ときどき夢に出てきた風景が、安羅井国のそれではあるまいか。

ちのは、疲れると色彩のある夢をみた。その夢は、いつも色彩を帯びて、眠っているちのの前にあらわれた。見わたすかぎりの山脈《やまなみ》がひろがり、どの山も、目を染めてしまうほどの鮮《あざや》かなみどりに蔽《おお》われていた。ちのは山の上にいた。足もとに、みじかい、やわらかな草がおおい、谷には巨木が密生していた。空の色が異様だった。まるで、お伽《とぎ》のなかの風景のように、それは鮮明な瑠璃色《るりいろ》を呈していた。

(だって――)

そんな景色なんてあるかしら、とちのは自信がもてなかった。そのくせ、それを憶いだすたびに、そのお伽のような風景は、ちのの心を、その色彩の世界へ惹《ひ》きこんでしまうほどの魅力をもっていた。

(だけど、あの丹生津姫草紙がなくて、どうしてあたくしは安羅井の国へ帰れるのかしら)

ちのは、茫然と、竹の絵でかこまれた塗りごめの部屋を見まわした。

錠をはずす音がきこえた。

杉戸があいた。

ちのがふりかえると、戸口に山伏風の男がすわっていた。

「ご用はござらぬか」

手を洗う用はないか、ときいているのだろう。

「ございません」

その山伏の姿をみて、ちのは、ああ、と思いついた。

(七五の桐は、蔵前片町にある山伏屋敷の紋所ではなかったかしら)

練心館道場とはずいぶん離れているが、おなじ浅草だから、ちのは、山伏屋敷といわれるその古い建物をおぼえていた。山伏屋敷というのは通称で、正しくは、山城の醍醐《だいご》に本山をもつ当山派修験《しゅげん》の江戸屋敷だった。その屋敷の門には、仏法の紋章である転輪宝と、門跡の紋所である十六弁の菊花紋を打った提灯がそれぞれかかげられ、寺紋である七五の桐が、屋敷瓦に刻《こく》せられていたのをおもいだしたのである。ちのが押しこめられた乗物には、たしか七五の桐のほかに、転輪宝の金具がならべて打たれていた。

(蔵前片町の山伏屋敷に、なぜあたくしが監禁されねばならないのだろう)

屋敷の素姓が知れてしまえば、べつにそれで安堵《あんど》する理由もないのだが、ちのはなんとなく気持が落ちついた。

山伏が出て行った。入れかわって、ひとりの男が入ってきた。

「ちのさん。私だ」

「あ。あなた様は」

「そう、高力伝次郎です」

「柘植さまは——」

ちのは、柘植信吾が自分をかどわかしたのだと思っていたから、思わず高い声で疑問を発した。

「さあ、柘植はどこにいるかな」

「なぜ、高力様はここにいらっしゃるのです」

「この屋敷には知人が多くてね」

「いいえ」

ちのは、唇を嚙んで、

「高力様だったのでございますね」

「仕方がなかった」

「なぜでございます」

「私はあなたが好きだったから。むろん、あなたには以前から私のそういう気持はわかっていただいていたはずです」

「――好き?」

ちのは、高力の口から洩れた言葉をひどく不潔なように思えて、おもわず眉《まゆ》を寄せた。

「しかし、なまじいなことでは、あなたのような方を手に入れることはできないと思った」

「だから」

ちのは、大きく息をのんだ。負けないぞ、とおもった。

「あたくしを、このような屋敷に連れてきたのでございますか」

「まあ、そうだが」

高力は、ちののそばに寄ってきた。ちのは後《あと》ずさりした。

「すこしちがう。当屋敷に連れこんだのではなく、当屋敷で旅支度をしていただくつもりだ。すぐ江戸を発《た》ってもらう」

「どこへ」

さすがに、ちのは青くなった。

「いえない。しかし、遠国《おんごく》であることはまちがいない」

「ちのは、いやです」

「大丈夫だ」

高力は薄くわらい、

「私がついているから」

と、ちのの肩を抱いた。ちのは目をつぶり、高力に抱かれるままに身を固くした。

安羅井人

「よいか、安羅井人どの。刻限に違《たが》うでないぞ」

信吾は、こわい顔をしてみせて、念を入れた。

「よい」

どんな気持でいるのか、安羅井人は、ゆったり、うなずいた。大きな目が、無表情に見ひらいていた。

「日本橋南詰めの御高札《ごこうさつ》の場所だ。刻限は、きょうの夕方申《さる》ノ刻《こく》だ。その刻から夜道をかけて、海道《かいどう》を上方《かみがた》へのぼろう。——そうだ。まさか、あんたは日本橋への道を知らぬということはあるまいな」

「知っている」

(頼りないな)

と思ったが、信吾は安羅井人と別れて、表へとびだした。お勢以の店へ行った。ちょうど、客はいなかった。

「お勢以、金を貸してくれ」

「お金を。——なにつかうの」

「旅に出る」

どこまで? とまではお勢以は訊かなかった。ただ、首をかしげて、

「たれと?」

といった。ちのを連想したのか。

「のろまな肥《ふと》っちょとさ」

信吾は二階へとびあがって、かねて用意してあった旅装を身につけた。袴をはいた。兄のお古だった。

お勢以があがってきた。信吾の顔を見ないようにしながら、そっと金をわたした。

「ちょっと、訊きます。なぜ、呉れ、といってくれないんですか」

「――――」

「お金をもらえば、お勢以のものになってしまうと思ってるの？」

「おれは、公儀からもお勢以からも、金はもらわない。薄情なようだが、柘植信吾は、たれの持ち物でもなく生きてゆきたいんだ」

「勝手な理屈ね。人間て、そんなものじゃないわ。男でも女でも、たれかの持ち物でなくちゃ、生きてゆけないものよ。子供は親の持ち物だし、親は子供の持ち物だわ。男と女がいい仲になれば、お互いはお互いの持ち物だし、持ち物でない人間でないわ。あれば、きっとそれは人間の形をしているだけで、野良犬よ」

「おれは、野良犬で結構さ」

「信さん」

「なんだ」

「あのう」

「早く云えよ」

「抱いてくれないかしら」

「よせよ、まだ、真っ昼間だ」

信吾は、脚絆《きゃはん》の紐をむすびながら噴きだした。

「雨戸をしめる」

「お勢以」

「なによ」

「いつから、そんなに情が強《こわ》くなった。きょうはおれはいそいでいる。旅から戻る日まで、そっととっておこう」

「旅から戻れば、きっと、人が変わってると思うわ。なんだか、そんな気がするの。もう、ここへは戻って来ないような気がする。——だから」

「だから」

「もう、これでおしまいだ、と思ったからよ。だけど、もういいの、あんたのような人、戻って来なければ、せいせいするかもしれないわ」

「発《た》つよ」

形勢がよくないと思った。信吾は、編笠の緒を締めおわって、立ちあがった。

裏口から出た。出た拍子に、

「おい」

ずっとあとをつけていたのか、葛飾《かつしか》の蓑売りが声をかけた。

「旅へ出るのだな。どこへ行く。——おい」

信吾はだまったまま、すたすたと歩きだした。こんな薄気味のわるいやつと口を利くのはもういやだ、と思ったのだ。

「待て。行き先は、安羅井国じゃな。柘植、これだけは心得ておくがよいぞ。わしはどこまでもその方《ほう》についてゆく。行き先が地獄なら、その果てまでもついてゆく、よいな」

「仕方があるまい。あなたは、それが、公儀から命じられた御用だから」

「そのとおりだ。その方が、厠《かわや》へ立とうと、女と寝ようと、わしはいつも、その方のそばにいる」

「猫どの」

男は、かつて信吾に、自分を猫という符牒《ふちょう》で呼べといった。信吾は、そのとおりの名を呼んでみたのだ。

「私はね。申《さる》ノ刻、日本橋の御高札の下で、安羅井人と落ちあう」

「ほう、安羅井人が、江戸へ来ているのか」

猫という蓑売りは、目の色をかえた。いつもの落ちつきに似合わず、あきらかにうろたえていた。信吾はうなずいて、

「来ている」

「たしかなら、その男を手離すな」

「くどいお人だ」

吐きすてながら、信吾は、こいつ、と思った。

(用心せねばなるまい。あの安羅井人を、このお庭番はおれの手から奪いとるつもりではないか)

安羅井人さえ手に入れば、お庭番にとって信吾の存在は不用になる。お庭番自身が、安羅井人を道案内にして、熊野へゆけばいいことだった。

「それより、猫どの」

信吾は、ずるい顔をした。

「紀州隠密の手に、丹生津姫草紙という安羅井国への道絵図と、退耕斎の養女ちのどのとが奪われている。かれらは、きょう明日にも江戸を発《た》つだろう。紀州隠密の江戸での足場は、どうやら、蔵前片町の山伏屋敷のなかにあるらしい。——猫どのは、私を監視するより、そのほうを抑えたほうがよくはあるまいか」

「なぜ、そちこそ、そのちののほうに掛からぬ。たしか、そちはちのとやらいう娘に懸想《けそう》しているはずだが」

「懸想はしている。だが、先方は一向に私を好いてはくれないよ」

「浮気者だからな」

歯をむいて、ぬめりと笑った。信吾は、この男の笑顔をはじめて見た。思わずひやりとしたほど冷たい笑いだった。

申ノ刻に、柘植信吾は、編笠をかぶって日本橋南詰めの御高札の前に立った。

安羅井人は、まだ来ていなかった。

富士が見えた。

（みごとだな）

信吾はみとれた。富士は、その全容から紅《くれない》の色を噴きあげていた。夕焼けの空が、江戸の町をおおっていた。辻々に行きかう人の皮膚まで赤くそまっているようであった。

「ちょっと」

後ろで声がした。信吾が、ぎくりとしたのは、それが女の声だったからである。信吾は、富士を見つめながら、ちのことを考えていた。

ふりむくと、竹杖をつき、旅ごしらえをした二十四、五の年増女《としまおんな》が立っていた。

——信吾にはどう仔細《しさい》にみても見覚えがない。……

女は、愛嬌《あいきょう》よく微笑して、小腰をかがめた。

「柘植さまでいらっしゃいますね」

「なに？」

信吾は、編笠をわずかにあげた。自分の名ぐらい知っている女は江戸では幾たりも居ようが、自分が今宵、旅に発つことを知っている女は、お勢以のほかにはたれもいないはずだ。

「あんたは、たれかね」

「ほほ」

答えない。

髪かたち着付けの様子からみれば町家の、それも水商売でもしていそうな、粋好みなところがあるのだが、言葉の折り目にどことなく武家育ちのにおいもあった。えたいの知れない女だった。

「なにかご用か」

「ご用でなければ、声はかけませぬ」

(勝手にしろ)

信吾は、目を町に移した。こんな思わせぶりな問答は、信吾は大きらいなのだ。

(あ、来た)

橋の北の室町《むろまち》のあたりから、忍び笠をかぶった安羅井人が、ゆったりやってくるのである。

信吾は自分から近づいて、

「ずいぶん遅かったな」

「左様かな」

相変らず、気があるのか、ないのか、つかみどころのない返事だった。

安羅井人は、三角の三つの隅から、それぞれ脚が出ている奇妙な紋所を付けていた。むろん、信吾は、うまれてこんな紋を見たのははじめてだった。

「どこ」

「ところで、安羅井人どの。あそこに立っている女をお見覚えではないか」

「あの高札のうしろだ」

「知らぬな」

うそをついている声ではなかった。

「行こうか」

これから地獄の果てまで行くかもしれないというのに、映《うつ》りばえのない出立《しゅったつ》だった。安羅井人は、間のびのした声で、

「ああ」

と返事をした。二人は、夕映えの中を歩きだした。信吾が編笠の中から、そっと横

目をつかうと、女は高札のそばをはなれたようだった。ついて来るつもりらしい。

「品川どまりにするかな」

信吾がいったのは、安羅井人の肥っている様子をみて、道中の初日から長歩きするのは気の毒だと思ったからだ。品川までは二里、そのつぎの川崎の宿《しゅく》までは四里半ある。——が、安羅井人は、かぶりをふった。

「川崎泊りにしよう。ちの様がはや出立なされたかもしれぬゆえ、出来れば、先まわりして、一行を待ちたい」

「なるほど。川崎で一泊し、夜があければ宿場の茶店、旅籠《はたご》に、そのような一行が通ったかどうかを確かめてみてもいい」

云いながら、信吾は、この安羅井人を妙な男だと思いはじめていた。

のろまかと思うと、存外そうでもなく、歩き方など、どこにこんな脚力がひそんでいるのかと疑わしくなるほど、さっさと歩くのである。金杉橋を渡ったころに、日はまったく暮れはてた。信吾は用意の提灯《ちょうちん》をとりだすと、安羅井人はゆっくり手で制して、

「よしたほうがよかろう」

「なぜだ」

「人がつけているかもしれぬ」

「道理だがしかし、私は目がきかない」

「わしは利《き》く」

さっさと歩くのである。意外な能力に感心する一方、信吾は内心、自分が心細くなってきた。力を貸してやる、と広言《こうげん》した自分のほうが、これでは介添《かいぞ》えされているようなものだった。

歩きながら、信吾はこの男がだんだん好きになってきた。底ぬけに善良なくせに、意外にも心の底のどこかに大きな叡智《えいち》をかくしているような男だった。信吾は親しみをこめて、

「安羅井人どの」

と、よんでみた。

「なにかな」

「あんたは、私と無造作に同行してくれたが、公儀隠密と名乗った私を信じての上、

だろうか」

「さあな」

闇の中で思案をしている風だったが、

「信じたのは、お手前の人柄であるな。申しかねるが、すこし粗漏《そろう》なお人柄と見うける」

「ごあいさつだな」

信吾は、苦笑した。この間《ま》のびした安羅井人にこう云われれば世話はない。

「しかし、公儀隠密と名乗るお手前については、あまり信じてはおらぬ。いずれの隠密であれ、隠密というのは虎狼《ころう》に使われる狐狸《こり》のようなものじゃ。常人のなすべき仕事ではない」

「私もそう思うがね。成り行きがこうなった以上、仕方のないことだ」

「柘植どの」

「なんだ」

「あなたは剣が使えるという。わしは刀などは持ちつけぬ。これからのわしの道中はさして安穏《あんのん》とはいえまいゆえ、わしの身を護ってくれればありがたいことじゃ」

「及ばずながら、そのようにしよう」

「ああ、それだけは、信じさせていただく」

忍び笠のふちに手をかけ、安羅井人は鄭重《ていちょう》に頭をさげた。その善良さに、信吾の胸の底から熱い感情の湧き満ちてくるものがあって、つい思わず、

「公儀隠密の役目など、私は捨ててもいいのだ」

といった。

が、安羅井人は、信吾のそんな軽率《けいそつ》な発言などには耳を貸さず、ゆっくり一語々々区切っていった。

「わしを道中まもってくれれば、われわれの安羅井の国へあなたを御案内して進ぜよう。もっとも、それがあなたにとって、不幸になるか、幸せになるかは知らぬぞ。あなたを安羅井国へ連れて行ったうえで、われわれ安羅井人の手で、公儀隠密としてのあなたを、どう始末するかをきめるつもりにしている」

「殺すのか」

「殺すかもしれぬ」

「なるほど」

信吾は、苦笑した。この男を善良だときめてしまったのは、どうやらいつもの早呑みこみかもしれぬと思った。

「一体、安羅井の隠し国というのは、どういう国なのか」

「竹取りの翁《おきな》の物語をご存じかな」

「かぐや姫のあれか」

「そうだ」

「かぐや姫がどうかしたのか」

「あれを、お伽話《とぎばなし》だと思うか」

「お伽話だろう」

信吾は、くびをひねった。

「お伽話ではない。安羅井の隠し国とは、かぐや姫の母国であると思え。思えぬ者なら、話をしたところで益《やく》はない」

「——すると、かぐや姫とは」

「おお、察しがよい。ちの様であられる」

「とすれば、いったい、丹生津姫とは、なにか」

「丹生津姫とは、かぐや姫のことである」

「わからぬ」

「当然なことであるわ。これしきを聞いただけで解《わか》られては、当国の者どもに、われわれはとっくの昔にほろぼされておる」

「しかし」

「待て。うしろから、四つ脚がつけてくる」

「馬か」

信吾はふりむいた。闇の中に、馬子《まご》が持つらしい灯火がゆれて、こちらへ近づきつつあった。

神奈川の宿

「安羅井人《やすらいびと》どの。お手前は、右の軒下にかくれていただこう。私は、左の軒に立つ」

「左様か」

忍び笠と深編笠が、左右の家並の軒にわかれて、馬の来るのを待った。

闇のむこうから、ぽくぽくと悠長《ゆうちょう》に地を踏むひづめの音がきこえてくる。

(人を乗せているな)

重味に堪えている蹄《ひづめ》の音だった。やがて馬子が、馬をひいて、信吾たちの目の前を通った。

(馬子が曳《ひ》く馬にしては、馬がよすぎるな)

信吾は妙に思い、目を馬上にむけてから、おや、と思った。人が乗っていなかった。

(これはお笑い草だった)

自分の緊張がおかしかったのだ。馬が過ぎると、信吾と安羅井人は往来へ出た。安羅井人は、ゆったりとした足どりで歩きはじめた。信吾は、安羅井人の顔を見なかった。自分の無用の警戒心が、はずかしかった。

(蹄の音ぐらいで驚くようでは、おれも大した男ではない。すこし、落ちつかねばならない)

　信吾は、安羅井人のように、ゆったりと大またであるきはじめた。――その拍子に、

「もうし」

と、後ろから声をかけられた。女の声だった。信吾は、場合が場合だけに、ひやりとして、思わず左手を刀に添えたほどだった。

「わたくしでございます」

「――たれだ」

「ほら、さきほど、日本橋の御高札の下でお目もじいたしました……。名でございますか」

「たれも、名など訊いておらぬ」

　女は、笠をあげて、かすかに笑ったようであった。信吾の、まるで男の児のようない、むきな怒りかたがおかしかったのであろうか。

「桜田に住むお弓と申します」

　はてな、と信吾は思った。江戸桜田は武家地で、このような遊芸の師匠風の女が住む町があったろうか、と思いながら、

「あそこには、御用屋敷があるな」

といった。桜田の御用屋敷という。大奥の女中で病いを得た者が引きこもる屋敷だが、まさかこの女が、その屋敷から抜け出てきた女ではあるまい。

「なにを渡世《とせい》にしておる」

「さあ」

女は笑って、

「お見立てにおまかせいたします」

「家主の名を申せ」

「まるで、お関所のようでございますね」

女は笑って答えず、

「女のひとり旅でございますから、ご迷惑でございましょうが、お供をさせてくださいまし」

「迷惑だな」

「ついて参ります」

言葉のはしばしに、どこか凛《りん》としたところがあって、闇のなかで言葉だけをきいていると、武家の女としか思えない。

「馬に乗っていたのではないか」

「よくごぞんじでございますね。馬の背からのごあいさつはどうかと思い、さきで待たせてございます」

「とにかく、迷惑だ」

信吾は、歩きだした。安羅井人に追いつくために、足をはやめた。

「おあとに歩かせていただきます。天下の公道でございますから、べつにどこからもおとがめはございますまい」

「勝手にしろ」

女の馬が、馬子に手綱《たづな》をとられて待っている横を通りすぎて、安羅井人に追いついた。

「うろんな女のようじゃな」

安羅井人は、いった。信吾はうなずいて、

「妙なのは、自分のそのうろんさを、強《し》いてかくそうとしない所だ」

と、くびをひねった。

「隠密どの」

「私には姓がある」

「柘植どの。わしは、この国を道中しているかぎりにおいて、たれひとり味方がない」

「私は、味方のつもりだが」

安羅井人はきこえないふりをして、

「安羅井人にとって、味方がありうべきはずがない。味方のようなふりをする者が出てきても、所詮《しょせん》は為にする目的があってのことで、信ずるわけにはいかぬ」

「手きびしいな」

「お手前は別と考えている。この道中をまもってもらう約束がある。そのかわり、私はお手前を安羅井国に連れてゆく。そのかぎりにおいては、とりあえずの味方に相違ない」

「とりあえずの味方か」

「不足を申すものではない。安羅井国についてから、はたして敵であるか、味方であるか、それはお手前自身がきめ、かつ、われわれの同胞がきめる。――しかし、この道中においては、わしは、お手前をのぞいては、すべてが敵だ。——お」

「なんだ」

「いま、そこを横切った犬も」

「犬？」

「猫も、草木でさえも、この国のすべてが、わしという安羅井人にとっては、味方ではない。ゆえに、うろんな女などと接触してもらっては迷惑じゃ、とわしは云う。向《きょう》後《ご》のこともある。これだけはわかってもらいたいことだ」

「なるほど」

「女好きじゃな、お手前は」

「そうだろうか」

「かぐや姫の国ゆえ、安羅井国には美女が多い。迷うまいぞ」

「迷うものか」

信吾は、なんとなくこの安羅井人に腹がたってきた。

品川宿についたころに、月がのぼった。川崎宿まで行くのはあきらめて、とりあえず宿場の西はずれの旅籠に宿をとった。

安羅井人は旅装を解かず、忍び笠を部屋のすみに置くと、その上に頭をのせて横になった。横になると、すぐいびきをかきはじめた。

やはり、胆《きも》がふといのかもしれない。信吾も部屋の一方の隅で刀を抱いてあぐらをかきながら、その寝顔をつくづくとみた。

(安羅井人といっても、とくに異相というわけでもなさそうだな)

鼻が大きく、いわゆるどんぐり眼《まなこ》で、目じりがややさがり、間のぬけた天狗の顔に似ている。といって、こういう顔が世間に絶無だとはいえない。

隣りの部屋に人の入る気配がして、やがて廊下に足音がした。

(はて？)

信吾は、障子をみた。

その障子が、そっとあいた。

「なんだ」

信吾は、にがい顔をした。お弓と名乗ったあの女だった。

「お隣りに宿をとりましたから、お、よ、し、み、ついでに、ごあいさつさせていただきます」

「いちいち、念におよばぬ」

信吾は、行灯《あんどん》の光のむこうで女の顔をみておどろいた。意外なほど、美しかったのである。ひと重《え》の細い目が長く横に切れ、細面《ほそおもて》なせいか、胸のふくらみのわりには、着やせしている。下唇がやや厚目なところをみると、多情なのだろうか。

(見まい)

信吾は、天井を見た。こういう女には信吾は自信がない。蕩心《とうしん》が動くのを、信吾は懸命にこらえた。

(見まいぞ、信吾)

自分に云いきかせ、安羅井人の真似をして編笠をすみにほうりだすと、それを枕に、ごろりと大の字になった。

「おやすみでございましたら、行灯を暗くいたしましょうか。それとも、灯をお消しいたしましょうか」

「いらざる世話だ」

「ご遠慮あそばすな」

「遠慮しているものか」

信吾は、噴きだした。女のあつかましさが度を越している。

「そのままお臥《よ》りになっては、お風邪を召します」

「風邪などひくものか。——あ、冗談をするな」

女が、信吾がぬぎすてておいた羽織を、信吾の体にかけた。そのとき、女の指が、信吾の体に触《ふ》れた。信吾はびくりとした。

「どうかなさいましたか」

知っているくせに、そんなことをいう。

「どうもせぬ」

信吾は、目をつぶった。

女は、出て行った。

午前四時《ななつ》の鐘が鳴ると、早立ちの旅客が往来でざわめきはじめた。

陽はまだのぼらない。信吾は安羅井人を起こして、街道へ出た。

本陣のあたりで提灯の灯がむらがっているのは、どこかの大名行列が出発するのだろう。

信吾は、軒なみに旅籠を訪《たず》ね歩いた。女中をつかまえては、女連れの武士数人、もしくは山伏を見かけなかったか、と訊いてみたのだ。

何人目かの女中のそばにいた宿場人夫が、ああ、といった。武士が七、八人、山伏一人の集団が、女乗物をかこんで、昨日午《うま》ノ刻《こく》さがりに通ってゆくのを見た、という。

「この品川でとまったか」

「さあ、とまった様子はございません。あのぶんじゃ、神奈川あたりまで行ってるんじゃねえかな」

「神奈川まで?」

信吾は、唇を嚙んだ。品川から神奈川までは、五里ある。

「行くか、安羅井人どの」

「むろん」

安羅井人は、ゆっくりうなずいた。信吾は歩きだした。

「あの連中、おそらく、きょうは日没まで行けるところまで行くのではないか。いまが神奈川とすると、神奈川から藤沢までがざっと五里。その先まではとてもいくまい」

「なぜかな」

「藤沢からむこうは、次の宿場まで三里半もあるからだ。われわれも藤沢まで足をのばしてみよう」

「うむ」

安羅井人はうなずいた。

川崎宿《じゆく》までゆくと、夜はすっかり明けはなれていた。お弓という女があいかわらず、馬に乗ってあとをつけてくる。信吾がふりかえると、女は馬上から愛嬌よく頭をさげるのだ。信吾は、ちッ、と舌うちし、

(気にとめないことだ)

と思った。

宿場のなかを通りぬけながら、信吾は例によって、一行のことを訊いた。旅籠の軒にたって客引きしているどの女も、さあ、と首をひねった。

(間違いだったのかな)

心細くなってきた。

八丁畷《なわて》をすぎ、市場の在所《ざいしょ》はずれまでゆくと、版画で見なれた箱根の二子山《ふたごやま》がみえた。その紫色の山容をみたとき、信吾は旅にある自分を、はじめて実感をもって感じた。

安羅井人は、もくもくと歩いている。この男にとっては、箱根の二子山をみたところで何の感慨もないのだろう。

「安羅井人どの、あれが二子山だ」

「左様か」

興もなさそうに返事をした。

二子山のみえるところから、ちょうど二里で神奈川の宿についた。

宿場は、町すじ十五丁、戸数は四百軒ばかりある。左手の海がみごとに凪《な》ぎ、沖合から浜辺にかけて、無数の白帆《しらほ》がみえた。

「よい日和《ひより》だ」

信吾が目をほそめて白帆をながめたが、安羅井人は返事をせず、

「飯を食いたい」

といった。飯か、不風流な、と信吾はがっかりしたが、そういえば、品川を出ると

き握りめしを二個食っただけだったから、ひどく腹がへっていることに気付いた。

ふたりは茶店に入り、朝めしとも中食《ちゅうじき》ともつかぬものを認《したた》めた。

「おい」

信吾は、茶店の老婆をよんで、念のため、品川宿や川崎宿できいた同じことをたずねた。老婆はしばらく思案している様子だったが、やがて、

「それは、醍醐《だいご》の御門跡《ごもんぜき》のお行列ではございませんか」

といった。信吾は、しばらく返事ができなかった。紀州隠密は、山城《やましろ》醍醐の三宝院門跡の行列を擬装しているようだった。そこまで白昼堂々と東海道をのぼっていくとはおもわなかったのだ。

「山伏はいたか」

「大きな山伏さんが一人」

老婆は、当然なことを訊く、という顔をした。修験道の本山である醍醐三宝院門跡の行列なら、山伏のいるのはあたりまえのことである。

一刻《にじかん》ばかり前、この茶店の前を通ったという。女乗物をかこんで、武士が二十人、山伏が一人。

いつの間にか人数がふえていた。

「それあ、御門跡のお行列じゃもん」

「なるほどな」

信吾があわててたちあがった。安羅井人がもう往来に出て、ゆっくりと歩きはじめていた。信吾は、なあ、と声をかけた。

「このぶんでは、いずれ追っつく。安羅井人どの、行列に会えばどうなさる」

「ことごとく斬りすててもらおう。一人も生かしてもらってはこまる」

「斬る？　斬るのか」

信吾は、あきれた。天下の公道で、しかも醍醐の門跡の行列に斬りこめるはずがない。

「お手前の腕では斬れぬのか」

「斬れる斬れぬよりも、この海道で、まさか行列に乱入するわけにはいくまい」

「根気よう一人ずつ斬ればよい。すでに丹生津姫草紙を手に入れられている以上、一人でも生かせば、安羅井国のためにならぬ」

「武士が二十人か——」

「ちのどのをどうする」

「いずれは、奪回できよう。ちの様には気の毒じゃが、その徒党の命を断つのが先決じゃ」

「はて、斬れるかな」

信吾は、めずらしく暗い顔をした。

藤沢の本陣

藤沢の宿《しゅく》は、江戸から十二里ある。昼夜を通してこの宿まできた紀州隠密の一行は、ちのの乗物をかこんで、本陣前田源左衛門屋敷の門をくぐった。

到着と同時に、本陣の門に「三宝院門跡御宿」と墨書された関札《せきふだ》がうたれた。

海道の宿泊に本陣を使用できるものは、まず大名があり、ついで旗本、京の公卿、門跡がある。醍醐三宝院の江戸屋敷を出て以来、門跡の行列を擬装してきたこの一行は、当然、本陣を使用することができたし、必要なら、宿場役人に指示して、人夫や駅馬を使用することもできた。

ちのの乗物が、玄関を入って、式台の前におきすえられた。

首領株の山伏が、本陣の主人のあいさつを受けている横で、和州浪人高力《こうりき》伝次郎が、つめたい表情で、一行を指揮している。

乗物の前に、草履《ぞうり》がそろえられ、扉があけられた。しかし、ちのが出てくる様子がなかった。

「どうした」

高力は歩みよった。

「お気をうしなっておられます」

「無理もない」

江戸から十二里の里程を、ゆられ通してここまできたのである。ちののひ弱《よわ》な体では堪えられなかったのだろう。

伝次郎は乗物わきの者に大小を渡し、乗物のなかに両手をさし入れた。ちのの両わきをかかえたとき、ちのは、はじめて薄く目をあけた。しかし、立つことができなかった。

「高力どの、お役目冥利《みょうり》なことだな」

高力が抱きあげたとき、仲間の一人が耳のそばで卑猥《ひわい》な笑いをうかべた。

本陣の主人は、乗物のぬしが門跡ではなく美しい女性であったことに目をみはった。山伏は、主人を見おろして云った。

「御門跡猊下《げいか》のご俗縁の妹君でござってな。都のさる高貴な血すじであられる」

道中は、そういう名目で押しとおしてゆくつもりなのだろう。――山伏は、高力のあとを追って、ゆったりと式台にあがった。

夜がふけたころ、ちのははじめて目をさました。

(どこだろう、ここは)

身をおこそうとして、ちのは、めまいがした。はずかしいほどの空腹であることに気づいた。

「お目ざめか」

部屋のすみの屏風《びょうぶ》のかげで、人が起きあがる気配がして、高力が出てきた。衣服を解かないでいるのは、何者かに備える必要があって、仮眠の宿直《とのい》をしていたものに相違ない。

ちのの様子をみて、高力はすぐ夜食の膳部をちのの部屋にはこばせた。

「すこし、道中はご無理であったかな」

床《とこ》のうえにすわったまま、箸《はし》をとらされているちのを見て、高力はわらった。ちのはだまっていた。

「これから遠い旅路がある。気の毒だが、覚悟しておいてもらうことだ」

「安羅井の国へまいるのでございますか」

「そうだ」

高力は、燭台の上にもえる蠟燭《ろうそく》の火に目をうつしながら、うなずいた。

「高力様、ちのは、なんのために囚《とら》われねばならないかが、わかってきたような気がいたします」

まる一日、山伏と高力が宰領《さいりよう》する奇妙な一団のなかで暮らすうち、この男たちが何者であり、どういう目的でうごいているかが、わかるような気がしてきた。それは、平間退耕斎がちのに与えた知識と、十分に符合していた。安羅井国が所蔵するぼう大な財宝をねらうものに、一に紀州家があり、幕府も、かならずしもそれに無関心ではない、と生前の退耕斎がいった。——柘植《つげ》信吾が公儀の手の者であるとすると、この徒党は、紀州家の者に相違なかった。

「高力様」

「なにかね」

「あなた様は、いったい、どなたさまなのでございますか」

「あなたが、すでにわれわれの掌中《しょうちゅう》のものになっている以上、話してもさしつかえはなかろう。——と申して、高力伝次郎はべつにさほどの人物ではない。和州郡山《こおりやま》の浪人であり、駒形町にすみ、小野派一刀流を多少おさめたというだけの男にすぎない」

「ご謙遜《けんそん》でいらっしゃいます」

「この行列を、山伏が宰領している。あれが私のいわば首領だ。名を覚玄《かくげん》という。修験道《しゅげんどう》の大先達《せんだつ》で、大峰《おおみね》には六十度、熊野の奥駈けを二十度したことがあるという男だ。それ以上の素姓《すじょう》は知らない。なぜそのような者がこの一行の首領になっているのかは、おわかりかな」

「安羅井国へいくためには、熊野にあかるい者が先導しなければならないからでございましょう」

「おう、お利口なことだ」

「覚玄と申す山伏をはじめ、高力様などは紀州家のお手先なのでございますね」

「これまた利口な」

高力は苦笑して、

「おそらく、私は紀州家の手先ということになるのだろう。しかし、よくわからない」

「ご自分でも?」

ちのは、冷たく高力をみた。

「わからぬな」

「高力様のようにお利口な方でも、ご自分が何者の指図でうごいているのか、おわかりにならないのでございますか」

「いずれ、われわれは大坂へゆく」

「大坂へ?」

熊野へゆくには、勢州四日市の湊《みなと》から船で新宮《しんぐう》もしくは紀州田辺へまわるか、伊勢路の松坂から大台ケ原を越えて分け入るか、それとも、伊賀から大和へ出て吉野から入る以外に考えられなかった。なぜ大坂へわざわざ寄り道するのか、ちのは不審におもった。

高力は、ちのの顔色をみて、声をたてて笑った。

「大坂で、さる屋敷へ寄る。そこで支度をととのえて、熊野へ入る」

「さるお屋敷？」

「そこへ行けば、私が何者であり、たれの指図で動いているかが、わかるはずだ」

「ちのは、もう休みたいと思います」

「結構です」

「お引きとりねがえませぬか」

「そうはいかない。道中、何者が忍び入らぬともかぎらぬ。私は宿直《とのい》をしている」

「宿直なら、隣りに控えの間があるのではございませぬか。――ちのは」

「どうした」

「あのようなことをなさいますから、いやでございます」

ちのは首筋を赤く染め、しかし、高力をひややかににらみすえたままで云った。

「はて。おいやですかな。あのときはそうとも思われなんだが」

「厭や……」

ちのは、とびさがった。高力が手をとろうとしたからだ。

「ちのどの、申しておこう。あなたがどうであろうと、私は生涯、あなたから離れませんぞ。ほかにも理由があるが、第一にあなたがいとおしい。あのときは、あれだけのことにとどめた。あれは、男がいとおしむ女にする最後のものではなかった。——これ」

高力が、ちのの手をとって、引きよせた。ちのは、無残に倒れた。そのとき、不意に、襖《ふすま》がひらいた。

「——ご迷惑かな」

山伏覚玄のぶあつい顔が、高力の痴態《ちたい》をじっとみおろしたまま、

「柘植信吾らしい男を、宿場で見かけた者がある。——それだけを、伝えておこう」

無表情にもどって、襖をぴたりと閉《し》め、姿を消した。

そのすきにちのは高力の手をふりきって部屋のすみへ逃げた。

(柘植さまが?)

ちのの胸がおどった。このときほど、ちのは柘植信吾を慕わしく思ったことがなかった。

信吾も、高力と同様、ある野望の手先であることではちがいはなかったが、高力よりもどこか無能で間のぬけた明るさが、二人をならべた場合に、ちのにはひどく救いになるおもいだった。

「おびえずともよい。私もきらわれたくはない」

高力は立ちあがって、首領の部屋にゆくらしく、部屋を出た。

その直後だった。

天井の板が一枚、音もなくはずれ、黒い装束《しようぞく》をつけた小男が、蜘蛛《くも》のように畳のうえにおちた。

男は、つつと畳のうえをすべるように近づいたかと思うと、ちのの口をおさえ、肩をだきすくめた。ひくい声でいった。

「そこもとに害意のある者ではない」

声に聞きおぼえがない。ちのは、おどろく気力さえうしなっていた。

「丹生津姫草紙《にぶつひめぞうし》は、いずれにあるのか。早く申せ」

ちのは、知らぬ、とかぶりをふった。

「高力が持っているのか、山伏がもっているのか」

「存じませぬ。あなたは、どなた様でございます」

「私か。……猫という者だ。そなたにとって悪い者ではない。草紙のありかを知らぬか」

「存じませぬ」

「それがまことなら、やむをえぬ。ほかをさがさねばなるまい」

男は、ちのを放して、襖をあけた。高力伝次郎が入ってくるのと同時だった。高力がものもいわずに抜きうちをあびせたとき、男の姿はもうそこにはなかった。

「曲者《くせもの》――」

高力は、廊下へ出た。声をききつけた仲間の者が、それぞれ部屋からとびだしてきて騒いだが、男は蒸発したようにどこにもいなかった。

信吾は、薄暮の海上に江ノ島の灯をみたとき、さすがに疲れが一時に出る思いがした。

江ノ島弁天の一ノ島居のそばにある旅籠伯耆《ほうき》屋に宿をとり、とりあえず安羅井人をのこして、柘植信吾は旅装のまま、宿場の町並へ出た。藤沢は、戸数二百五十軒、町並は十丁ある。例によって、旅籠を一軒ずつあたってゆくつもりなのである。

通りへ出た信吾は、いきなり白衣の男女二十人ばかりの列にぶつかった。江ノ島へ参籠《さんろう》にゆく連中なのだろう。

やりすごして、足を踏みだそうとしたとたんに、うしろから、ひくく、

「旦那」

と声がかかった。ふりむくと、ほおかぶりをした馬子《まご》風《ふう》の男だった。

「なにか用かね」

「用だから呼んだ」

男はちかづいてきて、ゆっくりほおかぶりをとった。

「おれだ」

「猫……」

信吾は、不快そうな顔をした。蓑売り姿で信吾をつけまわしていたあの公儀お庭番の顔がそこにあった。

「いつ来たのだ」と信吾はいった。

「いつ？　——気づかなかったのか」

「知らない」

「信吾」

猫はよびすてにした。吐きすてるように、

「おろかな男だ」

「私が？」

「念を入れるには及ばない」

「私が、なぜおろかなのだろう」

「お弓という女が、お前に近づきはしなかったか」

「——なぜ」

信吾はおどろいて、

「あんたは知っている」

「お弓をのせていた馬子が、わしだ」

「えっ」

おどろく信吾を、猫はあわれむように見て、

「お前には、この仕事は重荷だったかもしれない」

(重荷かな)

信吾は真顔でつぶやいたが、すぐ、明るい顔にもどって、

「お弓という妙な女は、あんたの何だ」

「あの女を、わしだと思え」

「なに?」

「わしにかわって、お前を監視している。わしとあの女を、公儀だと思え。公儀が、いつも柘植信吾というあまり当てにならぬ男を監視しているのだ」

「結構なことだ」

信吾は、苦笑した。伊勢まいりの江戸者らしい一行が、そばを通って行った。猫というお庭番は、それが通りすぎるのを待ってから、声をひそめて、

「教えておいてやろう。紀州隠密の一行が、このさきの本陣にとまっている」

「本陣に?」

「それだけだ」

お庭番は、闇のなかに消えた。信吾は本陣の門前まで行って、三宝院門跡の関札をたしかめおわると、すぐ旅籠伯耆屋にもどった。

部屋は二階になっていた。信吾はすすぎを使って、階段をのぼると、手すりの所にお弓が立っていた。

「ちょっと、湯まで」

お弓は微笑をうかべながら小腰をかがめた。

(勝手にしろ)

信吾は自分でも、よほどこわい顔をしているに相違ないとおもった。

「なにか、あったのでございますか」

「あったよ」

「なんでございましょう」

「あんたは公儀だそうな」

「え?」

「馬子がそういっていたよ。公儀が湯へ行くのか」

云いすてて、信吾は女のそばを離れた。

なんとなく、自分の立場がばかばかしく思えてきた。

流れ

——腹だちまぎれに、信吾は思った。たれが、あいつの下知《げち》に従うものか。

（お勢以のやつがいつか云った。あれが図星だったかもしれない。おれの気持の底を洗ってしまえば、公儀も安羅井人も冒険もない。ちのに、惹かれただけのことだ。それならいっそ、藤沢の本陣へ斬りこんで、ちのを強奪し、猫も安羅井人も捨てて逃げればらちが早かろう）

そうおもうと、にわかにちのへの思いが、あつい泡をたてて湧きあがりはじめた。

その夜も、安羅井人の横に床をしいて寝た。疲れているくせにしばらく寝つけなかった。うとうとするうちにちのが夢にあらわれた。信吾は醒めてから自分の痴愚をあざけったが、夢の中で、信吾ははじめてちのの肌に触れてしまったのだ。信吾は、死んでもよいと思った。

「ちのは、柘植さまがすきです。これから、信吾様とおよびしてよろしいでしょうか」

ちのは、信吾の胸のなかであえぎながら、ありありとそう云った。

「ちのどの。あなたは、本当の安羅井人《びと》ではないのか。そのようなことをいって、どこかへ行ってしまうのではないか」

「信吾さま」

ちのは、たしかにそう呼んでくれた。

「男女の愛の永遠を想うなどは、人の身のほどを知らぬ欲でございましょう。そのようなことは、もうお思いくださいますな。ちのが悲しゅうございます。信吾さまとちのとは今宵をよろこびあい、それをふたりが死ぬまでの思い出にするだけでよろしいのではございますまいか」

「……そのようなことをいって、ちのどのは」

あ、と叫んだ。

「ちのどの」

ふたたびその名を呼んだときは、ちのの姿は、暗い信吾の視野からかき消えていた。

「隠密どの」

信吾は、瞼《まぶた》をひらいた。目の前に、大きな安羅井人の顔がのぞきこんでいた。

「なにか、私は、うわごとを申したか」

「聞かぬな」

あきらかに、聞いた表情だった。安羅井人は、だまって行灯の灯を消した。

闇がきた。この闇のどこかにまだちのの映像がのこってはいまいかと信吾はさがした。安羅井人が不意に咳《せき》ばらいをした。

「おぬしは、ちの様が好きであったのじゃな」

信吾はだまっていたが、べつに返答を求めていないらしく、ゆっくりと云い継いだ。

「わしは、おぬしをちの様に添わせてやりたいとおもう」

「えっ」

「よろこぶのは早い。おぬしは安羅井人ではない。この点に、われわれの同族の異論

もあろう。わしはただ、おぬしをあわれと思い、そう云ったにすぎない。——である
が」

「であるが？」

「ちの様を妻にする以上は、生涯、おぬしのうまれた人の世には戻って来れぬぞ、安羅井国で子をうみ、子を育て、死なねばならぬ。それでも、よいか」

「………」

「だまったな。それでよい。ちの様がそれほど好きなら、わしにも一存がある、とわしは申したまでのことだ。おぼえておいてもらおう。ちの様を得たくば、とにかく安羅井国へつくまでに、二十人の紀州隠密をのこらず討ちつくすことだ。ひとりも生きてあの国に入れてはならぬ」

（この安羅井人は、ちのどのを生《い》き餌《え》にして、おれを釣ろうとしている。——）

そう思ったとたんに、信吾は腹がたってきた。歯で言葉をおさえるようにして、

「私は公儀隠密だ」

といった。べつに公儀への義理も忠義も信吾はもっていなかったくせに、自分の気持の変化が、自分でもおかしいくらいであった。公儀ということばの語感が、潮の満

つるような響きをもって信吾の心をひたした。信吾のなかに累代《るいだい》の武士の血がある。武士はあるじには犬のように忠実なものだ。血がそう思わせたのかもしれなかったし、安羅井人への反撥《はんぱつ》がそういわせたのかもしれなかった。

「だから、あんたにそそのかされずとも、私は、公儀に不利をもたらす諸藩の不逞《ふてい》隠密は斬らねばならない。それが私の役目だ」

「ははあ、ちの様は要《い》らぬのか」

「私は寝よう」

信吾は眼をとじた。疲れていた。ちのの映像があらわれる余裕もなく、深いねむりにおちた。


宿場と宿場との距離はべつにきまったものではなく、みじかい所では一里、ながくて四里おきにそれが置かれていた。どの宿場にも駅馬がひしめき、大小の旅籠や茶屋が軒をつらね、その客引きが往来にまで出てかしましかった。

このところ、日和がつづいていた。信吾と安羅井人は醍醐三宝院門跡の行列を追って旅をつづけた。相変らず、お弓というえたいの知れぬ女をのせた馬子が、信吾たちのあとをつけた。

(薄気味のわるい。まるで、おれのあとをつけるために生まれてきたようなやつらだ)

信吾は、ときに監視者に追いたてられるようにして歩いている自分を思った。監視者に腹がたつときには横を歩いている安羅井人のために働いてやろうと思い、安羅井人が腹だたしくなるときは、おれは公儀隠密だ、とあらためて思いなおしたりした。

前をゆく行列が茶屋でやすむとき、遠くからみていると、宿場にすむ老女などが乗物わきで土下座をし、賽銭《さいせん》をなげる者が多かった。投げられた賽銭は、山伏がたれにも拾わさず、いちいち、自分が拾っては懐ろに入れている様子であった。信吾はおかしかった。

(欲のふかい男に相違ない)

高力伝次郎らしい影は、そういうときは、いつも行列から離れて腕を組んで立っていた。副首領といった格だのに、高力は山伏とはいつも離れていて、山伏を冷笑しているような様子でもあった。高力の孤独な性格がそうさせるのかもしれないし、あるいは、

（山伏と高力とは、ひょっとすると、別々の系統の者かもしれないな）

と思ったりした。

行列は、あいかわらず、遅着きの早発《はやだ》ちといった強引な旅程ですすんでいた。藤沢の宿からあとは、

小田原

三島

吉原

江尻

岡部

金谷《かなや》

と泊りをかさねて、行列はいま遠州路の日照りの下を進んでいた。まだそんな季節でもないのに、どうしたことか、やりきれないほど暑かった。この年は大きな旱《かん》ばつが来るかもしれないという不安なうわさを、信吾は江戸の町なかでも聞いたことがあったが、なるほど通りすぎてゆく在所在所で雨乞いをしている風景をしばしば見た。修験者を呼んでいる所もあり、僧侶や神職が修法《ずほう》の中心になっている雨乞いもあっ

た。どの在所でも、八大竜王へのねがいを籠《こ》めた護摩《ごま》の火煙をよく晴れた海道の空に焚《た》きあげていた。

この日は妙なことに、行列はまだ陽も高いのに掛川宿《かけがわじゅく》の本陣沢野弥三左衛門方に入った。前日の宿泊地金谷から掛川までは、わずか三里二十丁しか離れていないのだ。

(おかしい)

信吾たちは、やむなく、捻金屋《ねじかねや》という旅籠に宿をとった。お弓という女も、ついてきた。ふしぎといえば、いつの宿泊地でも、泊まるのはこの女ひとりで、馬子に変装している猫というお庭番は、同宿したことがなかった。一体、どこでいつ寝ているのか、旅籠に寄りつきもしなかった。ところがその日、信吾が部屋に入るなり、女中がよびにきた。信吾が階下へおりてゆくと、まんじゅう笠をふかくかぶった雲水《うんすい》が立っていた。

「貴僧は?」

「猫じゃよ」

笠をとらずにいった。

「用か」

「紀州者は本陣にいる」

「知っている」

「山伏が、供を三名連れてこの先の御池という在所に出掛けたのは知るまい」

「なにをするためだ」

「在所から雨乞いの修法をたのまれた。修験の本山三宝院門跡の行列なら、修法にさぞ験《げん》があろうと在所者はおもったのだろう」

「奇妙なことだな」

「礼金がめあてだ。とにかく、帰路を待ち伏せて斬りすててしまえ。道をいおう。このさきに二瀬《ふたせ》川という川があり、橋がかかっている。橋を渡る。枝道がある。それが森町への街道だ。しばらくゆくと、御池の在所がみえてくる。お前は、人間があまいわりには腕がたしかゆえ、まずは間違いあるまい」

猫はめずらしくおだてて、

「安羅井人の身辺が不安なら、わしが見張っておいてやってもよい」

「いや、私が連れてゆく」

信吾を御池へやったすきに、この男は安羅井人をつれて熊野まで直行するつもりかもしれなかった。

信吾はすぐ部屋にもどって、安羅井人にその旨《むね》をいうと、案外気さくに、私も行こう、と云ってくれた。信吾は刀の目釘《めくぎ》をあらため、袴もつけぬ軽装で、手拭を二本、ふところに入れた。汗止めになるし、万一のときの血止めにもなる。安羅井人に焼酎《しょうちゅう》を入れた徳利を持たせようとしたら、これはなんだ、といった。

「傷を洗う」

「要るまい。金創《きんそう》の薬なら、よいものがある」

といって、安羅井国の薬が入っているらしい印籠《いんろう》を信吾にみせた。

往来へ出た。向う側で武士が二人、こちらを眺めている様子だったが、すぐ所在なげに歩きはじめた。

(紀州者だな)

見られてしまった以上は仕方がない。

「安羅井人どの、あんたは先に歩いてくれ。橋をわたると、堤《つつみ》を川上へ行ってもらう」

「川上へだな」

信吾はそっと後ろをみた。旅籠の二階を見上げたとき、お弓という女が手すりに寄りかかって、こちらを見ているのと視線が合った。お弓は腰をかがめた。

（お気をつけてくださいましね）

笑顔とともにくねらせた体が、そんなことを云い送っているようだった。この女は、泊りをかさねるにつれて、眼にみえて信吾への媚態《びたい》を濃《こ》くしてきているのに、信吾は気づいていた。――女にはそれなりの思惑《おもわく》があるのだろう。しかし、あの媚態は思惑だけとも思えない。

（おれが好きなのだろうか）

信吾は、すぐそんな風に気をまわしたがる自分をなぐりつけたいとも思った。女は、お庭番のまわし者であることは瞭然《りょうぜん》としている。あの女の媚態にひきよせられてしまえば、この道中がどんなはめにおちてゆくか知れたものではない。

（ひょっとすると、お庭番は、おれを自在につかうために、あの女をおとりに連れてきたのではないか）

信吾は、女のもっている浅黒い肌目《きめ》を思いうかべた。女は武家風の折り目づいた物腰を身につけていた。しかし、どこか男をひきつける好色なにおいをもっていた。

橋を渡った。

信吾はふりかえった。よほど腕に自信のある男らしく、尾行《つ》けているという悪びれたところもなく、ゆったりと歩いていた。

一人は諸大夫《しよだいぶ》まげを結《ゆ》い、ひとりは月代《さかやき》を剃《そ》っていた。

信吾は土手を歩いた。

ようやく夕闇がせまっている。人通りがなかった。見わたすと、野にも人影が絶えたようであった。

人影がない、と見さだめると、信吾はいきなり、すたすたと引きかえした。土手の道は、せまい。諸大夫まげが先頭になってこちらへ歩いてくる。土手に、黒松が一本、枝を天にのばしている。男たちはそこまできたとき、きびすを返した信吾をみた。逃げだせば尾行していたことを自らみとめることになるだろう。立ちどまるのは、自尊心がゆるさなかった。——信吾は男の前に立った。しばらくにらみすえていたが、やがて低く、

「なにか用か」

男は、薄笑いをうかべた。

「柘植信吾、とか申したな。どこへ行く」

「さあ、どこかな」

「行き先がわからぬなら、地獄へでも送ってやろう。よいか」

云うなり、諸大夫まげは、抜き打ちで信吾を斬りさげた。いや、斬りさげようとした。

刀を半ば抜いたとき、男は目の前に白光の噴くのをみた。それが最後だった。真向《まつこう》から顔を割られて、そのままの姿勢で棒倒しに倒れた。

「おお、音」

この刀法がなかったら、斬られているのは信吾だったろう。亡父が伝授してくれた蓮《はす》の音を断つ抜刀術が、またも信吾の急を救った。

「これも」

後ろの男の刀が天に舞いあがった。同時に、五体が地上に倒れた。男の手が草をつかんだ。やがて土手の下の流れへ崩れ落ちた。

（ふたり。……）

二十人のうちで、二人がまず減った。信吾は草をつかんで刀を拭《ぬぐ》いながら、今夜は、山伏をふくめてあと四人を斬らねばなるまいと思った。

青い火

安羅井人は夜目《よめ》がきくだけでなく、ひどく遠目のいい男だった。目をほそめて野づらをながめていたが、やがてあごをあげると、野の一角を凝視しはじめた。

「あの村じゃな、雨乞いの護摩《ごま》をしておるのは」

「あんたにはわかるのか」

信吾はおどろいた。この道中で、信吾は安羅井人がもつふしぎな能力を見てきている。ひょっとすると、安羅井人というのは、ひとではなく別の生きものなのではないか、と信吾は思うようになっていた。

「あれに、かすかに煙がみえよう。すでに護摩供《ぐ》はおわったころに相違ない。山伏は村で酒肴《しゅこう》の饗応《きょうおう》をうけている時分じゃな」

「踏みこんでみようか」

「いや、そのさきの森で待つがよかろう。道はひと筋ゆえ、掛川の本陣にもどるには、あの道を通らねばなるまいでな」

ふたりは、森のなかへ入った。小さな祠《ほこら》があるところをみれば、鎮守の森だろう。安羅井人は草をわけて古い切り株に腰をおろした。つい目の前を、細い道が通っている。森の入り口がみえた。入り口の茂みが、窓のように西の空を切り抜いていた。やがて、その窓を夕陽《ゆうひ》が通った。

「――暮れたな」

信吾はつぶやいた。急にあたりが暗くなった。そばにいる安羅井人さえ見えない。この暗さでは、山伏がきたところで、こちらの身動きさえしかねるではないか？

「どうする」

「不自由なものじゃな」

闇のなかで、安羅井人は笑ったらしい。なにか懐ろからとりだしては、手をうごかしている気配だった。

「おぬしには見えるのか」

か」

「ちょっと訊くが、安羅井人というのは、やはり、われわれとおなじ人なのだろう

「見える」

「天狗であるな」

「ほう？」

「この国の者たちが古くから天狗と称している者が、じつは安羅井人であったといえる。熊野連山で修行《しゆぎよう》をする山伏どもが、まれに山中でわれわれの種族をみかけて、あいう奇態な顔をつくりあげたのであろう。天狗の装束を知っているか」

「山伏の風体《ふうてい》をしているようだ」

「そう。つまり、山伏が、おのれの装束を着せて世間に触れまわった証拠じゃ」

「すると安羅井国とは天狗の国なのだろうか」

「そのとおり」

「しかし、天狗にしては、あんたはあまり強くなさそうだ」

信吾は、くすりと笑った。

「強くはないが、智恵はあるかもしれぬ」

「あるようにも見えないが」

「しずかに。――森の入り口をみるがよい」

「ああ」

提灯が九つ、闇にうかんでいる。耳をすますと、かすかに話し声さえきこえた。

「人数が多すぎるな」

「村の者が見送りにきているのだろう。どうやら、山伏は駕籠に乗っている。駕籠わきに、侍が三人従っているようだ。隠密どの」

「え?」

信吾は、安羅井人の両掌《りょうて》をみて目をみはった。茫《ぼ》っと青く冷たく光るものが掌の上にあるのだ。

「なにかね、それは」

「さてな」

安羅井人は言葉をにごしたが、夜光虫か光り苔《ひかりごけ》のようなものを粘土にまぶしているようでもあった。

提灯の列がきた。

信吾は、不敵にも行列の前にとびおりた。安羅井人や紀州隠密のように智恵はないかもしれないが、勇気があるのが信吾の身上《しんじょう》だ。

「百姓は逃げろ、怪我をするな」

信吾の黒い影が叫ぶと、行列を作っていた人影のむれが折りかさなるようにして逃げはじめた。

駕籠の前に三人の影が立ちはだかった。きらきらと刀をぬきつれると同時に、それぞれ手にもった提灯を踏みにじった。とたんに、ねばりつくような闇が、目の前をみたした。

(しまった)

目をこらした。見えなかった。しかし、闇に体を浸《ひた》しきると同時に、自分でも気づかなかった勇気が体に満ちてくるのを覚えた。累代間忍《しのび》をもって公儀につかえてきた父祖の血が、闇をみてよみがえったのかもしれない。

信吾は刀のつかをにぎりしめた。目をつぶり、体を前へかがめた。そのまま、無謀にも闇のなかを猪突《ちょとつ》した。気配に触れれば、たちどころに信吾の刀は石火の発するよりも早く気配の本体を斬り裂くだろう。十歩走った。

「ぎゃっ」

血しぶきがかかった。しかし、信吾自身はいつ自分が刀をぬいたのか、気づかない。悲鳴を二度きいた。二人は斬った。信吾ははじめて、一種の狂気から醒めた。冷静になった。冷静ということはこの場合、凡庸《ぼんよう》ということだ。再び、闇が信吾の行動を束縛してしまった。

(あと一人だ。それに、まだ駕籠があるぞ)

茫然《ぼうぜん》とした。

そのとき、不意に、闇のなかで淡く光るものをみた。ひとつは動き、ひとつはうごかない。

(なにか。——)

信吾は、おびえた。つよく刀をにぎりしめたとき、ほんのすぐ後ろで安羅井人の落ちついた声をきいた。

「その光るものを討つがよい」

「あ」

安羅井人が目印のために、その光りものを投げたに相違ない。信吾は闇を大きく跳躍して、動く光りものを真二つに斬りさげた。

「うっ」

斬られた声が、黒い虚空《こくう》にのこった。同時に、青い光は星の落ちるように地に沈んだ。

信吾は足音をしのばせ、青い光をめあてに駕籠に近づいた。光を蹴った。駕籠が、ころがった。

「なんだ、から、か、よ」

山伏は、とっくに駕籠をぬけだして逃げ落ちていたのだ。


掛川宿で山伏を襲ったことが、はたして結果としてよかったかどうかはわからない。その夜のうちに、かれらは本陣を発《た》って、夜旅に出てしまったからだ。

「逃がしたか」

翌朝、本陣の関札がはずされているのに気づいたとき、信吾は安羅井人の顔を見た。安羅井人は、だまって歩きだしていた。追うしか仕方がないことだ。

その夜は、掛川から八里むこうの浜松の城下へ宿をとった。浜松のひとつ手前の宿場である見付《みつけ》の宿で、三宝院門跡の行列が通るのを見た者があったから、ひとまずは安堵したが、浜松より先には足がすすまなかった。疲れた。さすがの安羅井人も疲れている様子だった。

浜松では、鍋屋《なべや》三郎兵衛という城下でも指折りの大きな旅籠に投宿した。

部屋に入ると、信吾はお勢以から借りてきた金の残金をしらべた。お勢以も十分な貯えがあるわけではなかったから、信吾が借用した旅費も潤沢《じゅんたく》とはいえなかった。信吾は、道中の入用だけは気になった。部屋に入ってきた番頭に、安羅井人は自分一人の宿賃をはらった。信吾も、鳥目《ちょうもく》八十五文を丹念に数えてわたすと、なんとなく、さびしそうな顔をした。それを見かねたのだろう。

「隠密どの」

安羅井人は、云った。

「この先、わしに払わせてもらおう。金子だけは十分に用意している」

「捨てておいてくれ。私は、自分の金でめしを食うのが好きなたちだから」

「ほう」

安羅井人は、信吾を見なおしたような目でじっと見つめていたが、やがて、

「あんたは悪い男ではないな」

「そうでもないがね」

「酒も好きなのだろう」

「ああ飲む」

「しかし、あんたの膳部には酒がないようだ」

云うとおり、信吾の膳には銚子《ちょうし》がついていなかった。そのぶんだけでも、信吾は節約しているのである。

安羅井人は、自分の膳から銚子をとりあげて、信吾に杯をさした。これを飲め、というのだ。信吾はかぶりをふった。

「なぜかな」

「飲みたくなれば自分の鳥目で飲む。それが私の好みだ。私は貧乏な御家人《ごけにん》の家にうまれたが、たれからも恵まれたくはないのだ。扶持《ふち》をもらっているわけでないから、公儀といえども、私の行動をしばれまい」

「そういう生き方がすきか」

「好きだな」

「妙な男じゃな。信吾どのは」

「ああ、名を呼んでくれたな」

「もう、隠密とはよぶまい」

「私を信ずる、というわけか」

「いや、それとは別にしておこう。わしの酒をのみ、わしの金を費《つこ》うてくれるなら、あるいは信ずるかもしれぬがな」

「退耕斎に似ている」

死んだ平間退耕斎も似たことを云った。信吾があくまでも自分の好みの位置を守っているかぎり、信用も油断もできないというのだ。

信吾は、手洗いに立とうとして、障子をあけた。とたんに、そこに立っていた女の影がとびのいた。お弓だった。

「どうしたのかな」

この女の立ち聞きは、毎度のことなのだ。信吾が苦笑すると、女はわるびれずに微笑を返して、

「失礼いたしました」

「いや、たいしたことをしゃべっていたわけじゃないから、いいよ。それはそうと、掛川以来、馬子どのを見かけぬが、どうかしたのか」

「御門跡のご行列について行ってるのでございましょう」

「それは奇特《きとく》なことだ」

「柘植さま、あたくしの部屋にあそびにきてくださいませぬか」

「そうもいくまい」

「なぜでございます」

「私は女にもろい。たれもが、女たらしだというぞ」

「きっと、お気がおやさしいのでございますね」

「ありがとう。そういってもらったのははじめてだ」

「ではお茶の用意をさせてお待ち申しあげております」

「知らんぞ」

用を足してもどると、お弓は、自分の部屋の前で待ちうけていた。

「どうぞ」

手をにぎられると悪い心地がせず、信吾はつい、招《しょう》じられるままに、お弓の部屋に入った。膳部が二つ用意され、それぞれに酒肴がのせられている。

「おひとつ」

お弓は、体をくねらせて、銚子をさしだした。信吾は銚子をみてうそ寒い顔をした。

「どうぞ、お杯をおとりくださいまし」

「いや、断わることにしよう」

「ご流儀とかは、さきほど障子のそとでお伺いいたしましたけれど、わずかお銚子に一つや二つのご酒《しゅ》で柘植さまをお買い取り申しあげようとは思っておりませぬ」

「あたりまえのことだ」

「では、召しあがってくださいまし」

「お弓さん、とか申したな。私はあんたがどんなうまれのお人かは知らないが、この柘植信吾は、代々、千代田のお城内の下男頭《げなんがしら》という役をつとめる家の子でね。下男頭とは、伊賀筋の御家人がつく役で、二十俵三人扶持《ぶち》という雀《すずめ》の餌《えさ》ほどの扶持をもらって、家代々生きついできた。父も兄も、武士の道にはずれたことのない立派な男だが、職分といえば、薪を運んだり、縁の下の蜘蛛《くも》の巣を掃《は》くあわれなお役目だ。どう思う」

「どう思うって、ご立派なお役目でございますわ」

「皮肉かね。そんな雀の餌ほどのものをもらっていても、しくじりがあれば腹を切られるし、戦《いく》さがあれば、死なねばならぬ。まるで他人のための命だ」

「それあ、武士でございますもの」

「あんたも、武家の娘かね」

「さあ」

お弓は、白い顔に微笑をくゆらせたきりで答えなかった。

「だから、私は子供のころから、扶持どりなどをする者は人のくずのようなものだと思ってきた。私は不自由な暮らしのなかで育ったから、物や金のありがた味にはもろい。金品を施《ほどこ》されれば、施し主につい身も心もささげてしまいかねない所がある。累代、微禄で飼いならされた者のあわれさというものだ」

「だから、お酒も召しあがってくださいませんの」

「せっかくだから、これだけは頂こう」

「まあうれしい」

「だが、鳥目《ちょうもく》をここへおく」

「まあ」

あきれたように見ているお弓の目の前に、信吾は音をたてて青銭《あおせん》をならべた。幾枚かをかぞえおわると、その手で、お弓の手から銚子をうけとり、独酌で自分の杯についでひと息に干した。お弓は信吾の動作をじっとみつめていたが、やがてほっと肩をおとし、

「おどろきましたわ」

「そうかな」

信吾は一本をからにすると、さらに鳥目を膳部の上に置き足して、別の銚子をとりあげた。杯を口にふくみながら、

「あんたは、存外、悪い女でもなさそうだな」

「そうでしょうか。そんなことをおっしゃっていると、ひどい目にお遭いになるかもしれませんよ」

女は、信吾から視線をはなさずにいって、不意に微笑を付け足した。行灯《あんどん》の暗い光のせいかもしれない。微笑が、能面の鬼女のようにみえた。信吾はなんとなく気味わ

るくなって膝をたてなおした。

三条大橋

猫というお庭番が、声もかけずに部屋に入ってきたのは、このときであった。信吾は手酌《てじやく》でみたした杯を口につけながら、

「たれだ」

といった。男は、虚無僧《こむそう》の風体をしている。かぶりもとらず、信吾の背後にすわった。猫の異名にふさわしく、物音ひとつたてなかった。

「おれだよ」

「ははあ。馬子になったり、雲水《うんすい》になったり、おいそがしいことではあるな」

「柘植《つげ》」

「なにかね」

「別れをのべにきた。せっかくここまで道中を共にしてきたが、袂《たもと》を別《わか》たねばならぬ」

「ほう、猫どのはどこかへ行くのか」

信吾は思わず明るい声をだした。これで厄介《やっかい》ばらいができるとほっとしたのである。

「いや。気の毒だが」

猫は、苦笑をふくんで、低く云った。

「どこかへ行くのは、お前のほうだ」

「なに」

信吾は、おどろいて振りむいた。

「そのまま。——ふりむかずとも、話はできることだ。お前は、明朝七ツに、この宿《しゆく》を発《た》つのだ。宿役人には、道中奉行の指図書をみせておいたゆえ、その刻限に、駅馬を一頭、旅籠《はたご》にまわしてもらうことになっている。それに乗ってもらう」

「乗ってどうするのだ」

「宿々を乗りついで、大坂へ直行するのだ」

「大坂へ？」

「いいや、いうまいな」

猫がおさえつけるようにいったのは、この男なりの理由があった。

紀州隠密の行列を尾行していた猫は、行列が、この浜松のつぎの舞坂の宿《しゅく》の本陣に入るのを見とどけて、ふたたび二里三十丁の道を浜松城下までひきかえしてきた。というのは、

「このままでは、いずれは紀州隠密の術中におち入る日がくるからだ」

「なにか、ききこんだのか」

「あの一行が舞坂に泊まったのは、舟にのるためだと判明した」

猫はいった。信吾はふきだして、

「いまさら判明することもあるまい。海上一里の新居《あらい》の宿《しゅく》までは、舞坂から渡船が出ている。海道を旅する者の常識だろう」

「それはよい。しかし、一行の様子をうかがっていると、どうやら尾張の宮《みや》（熱田）からも、船旅をする模様らしいわ」

「それも、渡船ではないか。宮から伊勢の四日市か桑名までは渡船を利用する者が多

い」

「お前はのんきな上に、あほうだな」

猫は、信吾の背後で笑って、

「宮からそのまま大船を仕立てて、外海《そとうみ》へ出てしまう魂胆だとすればどうするのか、あとを追おうにも、追いようがあるまい。あの者どもが、すでに尾行《つ》けられていることを知りつつも、いっこうに騒がぬのはそのことがあるためだ。おそらく、尾張の宮の宿からともづなを解いて、熊野の沖をまわって大坂に入ろう。大坂では、紀州家の大坂蔵屋敷か、紀州家の蔵元《くらもと》である紀州屋徳兵衛方に入るつもりに相違ない。そこまでは、ようやく見当がついたわ」

「大坂の紀州屋徳兵衛？」

「念に及ばぬ」

「それはなにものだ」

この名は、かつて平間退耕斎の口からちらりと聞いたことがあった。たしか、そのときは、退耕斎でさえ詳しい知識をもっていなかった記憶があった。

「――おれが判《はん》ずるに」

猫がいった。

「紀州隠密の真の黒幕は、どうやらこの紀州屋徳兵衛であるらしい。ただそれだけでそれ以上はわからぬ」

「しかし、たかが紀州屋は商人ではないか」

「たかが？」

猫は、信吾の無智をあざわらった。

「江戸者だから、そんなのんきなことをいうのだ。例えば、大坂から数里南へくだった所に、狭山《さやま》藩という一万石の小さな藩があるが、ここは大坂の商人からの借財がかさなって、藩財政が立ちゆかなくなり、ついに藩地全部を大坂の富豪鴻池《こうのいけ》に抵当としてとられた。その後、勘定奉行の役目を鴻池の番頭が代行し、藩費はおろか藩士の扶《ふ》持米《ちまい》もすべて番頭の手を通して渡されている。そういう時節だ。紀伊中納言五十五万五千石の大坂蔵元をつとめる徳兵衛という商人が、どれほどの力をもっているか見当もつかぬことだ」

「――いったい」

信吾は、酒を注ぎながら、

「その紀州屋徳兵衛と、私が明朝、馬に乗ることとどれだけのつながりがあるのだ」

「斬る」

猫は、みじかく云い、すぐ、

「柘植信吾が、だ。紀州隠密を動かしている黒幕の一人が徳兵衛であるとすれば、これを倒してしまえば始末が早い。すくなくとも、敵は混乱する。隠密一行が大坂に入らぬうちに、事をすませてしまいたい。――わしは、公儀隠密として柘植信吾に下知する。よいな」

「紀州屋の屋敷は、どこなのだ」

「そんなものは、大坂にさえ入れば三歳の童子でも知っていることだ。そうじゃ、もうひとつ打ちあわせることがある。大坂へ着けば牧野越中守《えっちゅうのかみ》様に会え」

「越中守様？」

とんでもない、という顔を信吾はした。牧野越中守貞明といえば常陸笠間八万石の譜代大名であり、大坂城代の重職にある。会えといっても、容易に会える相手ではないではないか――というと、

「たれが、手続きをへて広間で拝謁をせよ、といった。屋敷に忍び入り、夜陰、お居

間に参上するのが、われわれ隠密の定法《じょうほう》だ。すでに越中守様へは、幕閣から指示がとどいていて、われわれの便宜をできるだけはからってもらえるようになっている。お前は越中守様のお屋敷で泊まれ。申しておくが、このたびの役目のことは、大坂城代の越中守様といえども洩らしてはならぬぞ」

「それで」

信吾は不審に思ってきいた。

「猫どのはどうするのだ」

「心配はいらぬ。わしは、三宝院門跡の行列を追えるところまで追う。——そうだ、申しわすれたが、このさき、お前の足手まといになるゆえ、あの安羅井人は、わしがあずかってやることにする」

「ことわるよ」

信吾は、酒をのみほして云った。

「なぜだ」

「理由を云えというのか」

信吾は膳の上の銚子をとりあげたが、すでにからになっていることに気づいて、ふ

ところから巾着を出し、ひもを解いて中身をのぞいた。鳥目がだいぶ心細くなっている。お弓が見かねて、

「あの、よろしゅうございますのに」

「いや」

信吾はさびしそうな顔をして、

「胴巻にはちゃんと金はあるんだがね」

「そりゃそうでございましょうとも」

「まあ我慢することにしよう、我慢をすればすむことだ」

「面妖《めんよう》な」

猫の声であった。

「たしか、お前の路用として松平豊前守様から千両の金子が届いているはずだが」

「届いている」

「どうした」

「江戸へわすれてきた」

「なに」

「公儀の金はつかわないことにしているのでね。私の流儀だから仕方がない。ところで、安羅井人は、あんたには渡さない」

「わしの下知がきけぬというのは、公儀の命に従わぬということと同然だぞ」

「公儀の路用をつかっていない以上、べつにあんたの下知に従わねばならぬことはない」

「柘植。成仏《じょうぶつ》——」

「あっ」

信吾は膳をとびこえて、壁ぎわへはねとんだ。猫が、背後からいきなり抜きうちに斬りさげたのを、あやうくかわしたのだ。信吾はさすがに息がきれたが、さりげなく微笑して、

「猫どの、あんたは、私を殺してまで安羅井人がほしいのか」

「…………」

「どうやら安羅井人の案内で隠し国へ行こうと思っている見当だが、柘植信吾のいるかぎり、そうはさせねえよ。いっておくが、柘植信吾は、柘植信吾の正義で動く。あの仁《じん》を、虎狼の手に触れさせるこたねえから、あきらめな」

信吾はつい御家人そだちの伝法口調でいった。

「虎狼？　大公儀《おおこうぎ》が虎狼と申すのか」

「声が大きすぎる。——とにかく、私は大坂へ行こう。そのぶんだけは、あんたの下知に従うつもりだ」

「料簡《りようけん》をかえろ。かえねば、悔いるときがくるぞ」

「大きにその時は悔いてみようじゃないか、猫どの」

信吾は屈託《くつたく》のない笑顔でわらった。その顔を猫はじっと見つめていたが、やがて思いなおしたように、ふ、と鼻で笑い、ひくく、

「では、牧野越中守様の屋敷でな」

と立ちあがった。

「ああ、牧野越中守様の屋敷でな」

信吾が繰りかえしたとき、虚無僧姿の猫は障子《しようじ》のむこうへ消えていた。

翌朝七ツに浜松を発《た》った。信吾は馬、安羅井人は駕籠に乗った。すこし離れて、お弓の駕籠が、ひっそりとつけてくる。

赤坂、岡崎、桑名、亀山、土山、草津と泊りをかさねて、七日目に京へ入った。京の三条大橋の橋詰めの旅籠《はたご》の加賀屋に投宿したときは、さすがに信吾も疲労がかさなって、顔色が青ざめているのが自分でもわかった。安羅井人も、同様だった。駕籠からおりたときは相変らずの悠然とした足どりで旅籠の土間へ入ったが、部屋で旅装を解くと、駕籠でゆられたのがたたったのか、食事もとらずに床に入ってしまった。

信吾は若いだけに、湯からあがるとすっかり疲れがとれていた。

部屋は二階にある。

往来に面していた。

手すりに寄りかかって、夕もやにけむる叡山《えいざん》や如意《によい》ケ岳《たけ》をながめていると、この年になるまで江戸をはなれたことのなかった信吾の胸に、ほのかな旅愁がわいた。

遠近《おちこち》の鐘の声がきこえる。往来には人の絶えまがなかった。鐘の声が、目の下の三条の橋板を踏む人の足の音に和して、にぎわいのなかにも、駘蕩《たいとう》とした王城の諧調《かいちょう》というものが感じられた。

（さすが、京だな）

信吾がおもったとき、ふと不快な気配がして、橋詰めにある茶店を見おろした。武士がふたり、腰をおろして、さきほどから、なんとなくこちらをうかがっている様子なのである。

（……何者だろう）

講武所風《こうぶしょふう》の大たぶさを結《ゆ》い、袴をすそ短にはいた風体で、浪人ふうでもなく、かといって京師在番《けいし》の諸藩の勤番侍の様子でもない。まさか公家侍《くげざむらい》でもない様子だったから信吾は、折りよく通りかかった旅籠の女中の袖をひき、たずねてみた。

「どなたはんどす？」

女中は信吾のうしろから往来をのぞきこんで、あ、と首をすくめた。

「あれは、みぶろはんどすえ」

「みぶろ？　――とはなんのことだ」

「こわいお人のことどす」

若い女中はなんのことだかは知らないが、とにかく、狐狸《こり》妖怪や天狗神隠し人さらいなどと同類のものと思っているらしく、

「お武家はん、もう見んとお置きやす。おめめが合うたら、えらい復讐《あたん》をされますえ」

とおびえて、信吾の袖をひっぱってなかへ入れようとした。

「いや、あいつら、どうやら、おれに用がありそうなんでね」

「えっ」

女中は青くなって、思わず持っていた茶わんを落し、拾いあげもせず、ばたばたと階段を走りおりていった。かかわりあいになるのが、よほどこわかったのだろう。

（みぶろ……）

信吾はその足でお弓の部屋を見舞った。かの女も、駕籠あしが早かったために、熱をだして寝ていた。

「どうかね」

信吾は、やさしくいってやった。女はあわてて起きあがろうとしたのを、信吾は肩さきをおさえた。ぴくりと身をすくませた。白いうなじに血をのぼらせるのを見て、信吾は思わず手をはなしながら、

「いいんだ。そのままで臥《ふ》せていてくれ。熱はさがったかね」

信吾は、お弓のひたいに掌《て》をあてた。えたいの知れぬ女とはいえ、長い道中を共にしてくれれば、つい他人とは思えない人情のわくのは自然なことだった。

「おう、これはひどい」

信吾は、女のひたいが火のように熱いのにおどろきながら、

「医者をよばねばならない」

と立ちあがった。女は、枕のうえでかぶりをふった。

「いいえ、よろしいのでございます。……どうせ」

「どうせ？」

「いえ」

女は言葉をうち消し、さびしそうにわらった。

(妙な女だ)

信吾は障子の所まで行ってから、ふと、

「みぶろとはなんのことだか、知っているかね」

「みぶろ？　ああ、壬生《みぶ》浪士のことではございませんか」

「なるほど、新選組のことか」

「京のひとは、そう呼んでいるとうかがったことがございます」

(新選組が、おれに何の用があるのだろう)

医者をよぶために帳場へおりようとして、もう一度手すりから往来をのぞくと、まだ茶店に講武所まげがすわっていた。信吾がのぞいたとき、運わるく、その一人と視線がかちあった。

（まずいな――）

あきらかにその一人の表情に変化がおこり、他の一人の脇をつついた。うなずきあって、ふたりはゆっくりと立ちあがった。往来を横切って、旅籠の軒先へ入ってくる様子なのである。

おことわり

本作品中には、今日では差別的表現あるいは差別的表現ととられかねない箇所が含まれています。

しかし、江戸時代を背景にしている歴史時代小説であること、また著者自身に差別を助長するような意図はなく、さらに著者が故人であることも考慮し、原文どおりとしました。

（出版部）

|著者|司馬遼太郎　1923年大阪市生まれ。大阪外国語学校蒙古語科卒。産経新聞社勤務中から歴史小説の執筆を始め、'56年「ペルシャの幻術師」で講談倶楽部賞を受賞する。その後、直木賞、菊池寛賞、吉川英治文学賞、読売文学賞、大佛次郎賞などに輝く。'93年文化勲章を受章したが、'96年72歳で他界した。『竜馬がゆく』『坂の上の雲』『翔ぶが如く』など〝司馬史観〟と呼ばれる著書が多数ある。

新装版《しんそうばん》　風《かぜ》の武士《ぶし》(上)
司馬遼太郎《しばりょうたろう》

2007年11月15日第１刷発行
2015年５月８日第13刷発行

講談社文庫
定価はカバーに表示してあります

発行者——鈴木　哲
発行所——株式会社　講談社
東京都文京区音羽2-12-21　〒112-8001
電話　出版部（03）5395-3510
　　　販売部（03）5395-5817
　　　業務部（03）5395-3615

デザイン——菊地信義
本文データ制作—講談社デジタル製作部
カバー・表紙印刷—大日本印刷株式会社
本文印刷・製本—株式会社講談社

Printed in Japan

ISBN978-4-06-275889-5

講談社文庫刊行の辞

二十一世紀の到来を目睫に望みながら、われわれはいま、人類史上かつて例を見ない巨大な転換期をむかえようとしている。

世界も、日本も、激動の予兆に対する期待とおののきを内に蔵して、未知の時代に歩み入ろうとしている。このときにあたり、創業の人野間清治の「ナショナル・エデュケイター」への志を現代に甦らせようと意図して、われわれはここに古今の文芸作品はいうまでもなく、ひろく人文・社会・自然の諸科学から東西の名著を網羅する、新しい綜合文庫の発刊を決意した。

激動の転換期はまた断絶の時代である。われわれは戦後二十五年間の出版文化のありかたへの深い反省をこめて、この断絶の時代にあえて人間的な持続を求めようとする。いたずらに浮薄な商業主義のあだ花を追い求めることなく、長期にわたって良書に生命をあたえようとつとめるところにしか、今後の出版文化の真の繁栄はあり得ないと信じるからである。

同時にわれわれはこの綜合文庫の刊行を通じて、人文・社会・自然の諸科学が、結局人間の学にほかならないことを立証しようと願っている。かつて知識とは、「汝自身を知る」ことにつきていた。現代社会の瑣末な情報の氾濫のなかから、力強い知識の源泉を掘り起し、技術文明のただなかに、生きた人間の姿を復活させること。それこそわれわれの切なる希求である。

われわれは権威に盲従せず、俗流に媚びることなく、渾然一体となって日本の「草の根」をかたちづくる若く新しい世代の人々に、心をこめてこの新しい綜合文庫をおくり届けたい。それは知識の泉であるとともに感受性のふるさとであり、もっとも有機的に組織され、社会に開かれた万人のための大学をめざしている。大方の支援と協力を衷心より切望してやまない。

一九七一年七月

野間省一

沢村 凜 タソガレ
佐野眞一 誰も書けなかった石原慎太郎
佐野眞一 津波と原発
佐藤多佳子 一瞬の風になれ 第一部／第二部／第三部
笹本稜平 駐在刑事
佐藤亜紀 鏡の影
佐藤亜紀 ミノタウロス
佐藤亜紀 醜聞の作法
佐藤千歳 インターネットと中国共産党〈「人民網」体験記〉
samo きみにあいたい〈あかりが生きた239日、そして12時間〉
斎樹真琴 地獄番 鬼蜘蛛日誌
桜庭一樹 ファミリーポートレイト
佐々木則夫 なでしこ力〈さあ、一緒に世界一になろう!〉
沢里裕二 淫府再興
佐藤あつ子 昭《あき》 田中角栄と生きた女
司馬遼太郎 新装版 播磨灘物語 全四冊
司馬遼太郎 新装版 箱根の坂 (上)(中)(下)
司馬遼太郎 新装版 アームストロング砲
司馬遼太郎 新装版 歳月 (上)(下)

司馬遼太郎 新装版 おれは権現
司馬遼太郎 新装版 大坂侍
司馬遼太郎 新装版 北斗の人 (上)(下)
司馬遼太郎 新装版 軍師二人
司馬遼太郎 新装版 真説宮本武蔵
司馬遼太郎 新装版 戦雲の夢
司馬遼太郎 新装版 最後の伊賀者
司馬遼太郎 新装版 俄 (上)(下)
司馬遼太郎 新装版 尻啖え孫市 (上)(下)
司馬遼太郎 新装版 王城の護衛者
司馬遼太郎 新装版 妖怪 (上)(下)
司馬遼太郎 新装版 風の武士 (上)(下)
司馬遼太郎 海音寺潮五郎 新装版 日本歴史を点検する
司馬遼太郎 井上ひさし 新装版 国家・宗教・日本人
司馬遼太郎 陳舜臣 金達寿 新装版 歴史の交差路にて〈日本・中国・朝鮮〉
柴田錬三郎 岡っ引どぶ 正・続〈柴錬捕物帖〉
柴田錬三郎 お江戸日本橋 (上)(下)
柴田錬三郎 三国志〈柴錬痛快文庫〉
柴田錬三郎 江戸っ子侍 (上)(下)

柴田錬三郎 貧乏同心御用帳
柴田錬三郎 新装版 岡っ引どぶ〈柴錬捕物帖〉
柴田錬三郎 新装版 顔十郎罷り通る (上)(下)
柴田錬三郎 新装版 岡っ引どぶ(続)〈柴錬捕物帖〉
城山三郎 ビッグボーイの生涯〈五島昇その人〉
城山三郎 この命、何をあくせく
城山三郎 黄金峡
城山三郎 平岩外四 人生に二度読む本
城山三郎 高山文彦 日本人への遺言
白石一郎 火炎城
白石一郎 鷹ノ羽の城
白石一郎 銭の城
白石一郎 びいどろの城
白石一郎 庖丁ざむらい〈十時半睡事件帖〉
白石一郎 観音妖女〈十時半睡事件帖〉
白石一郎 刀〈十時半睡事件帖〉
白石一郎 犬を飼う武士〈十時半睡事件帖〉
白石一郎 出世長屋〈十時半睡事件帖〉
白石一郎 おんな舟〈十時半睡事件帖〉

白石一郎　東海道をゆく〈十時半睡事件帖〉
白石一郎　海よ島よ〈歴史紀行〉
白石一郎　乱世を斬る〈歴史エッセイ〉
白石一郎　海将(上)(下)
白石一郎　蒙古襲来〈海から見た歴史〉
志茂田景樹　真・甲陽軍鑑〈武田信玄の秘密〉
志茂田景樹　独眼竜政宗 最後の野望
志茂田景樹　南海の首領クニマツ
志水辰夫　帰りなん、いざ
志水辰夫　花ならアザミ
志水辰夫　負け犬
新宮正春　抜打ち庄五郎
島田荘司　殺人ダイヤルを捜せ
島田荘司　火刑都市
島田荘司　網走発遥かなり
島田荘司　御手洗潔の挨拶
島田荘司　死者が飲む水
島田荘司　斜め屋敷の犯罪
島田荘司　ポルシェ911《ナインイレブン》の誘惑

島田荘司　御手洗潔のダンス
島田荘司　本格ミステリー宣言
島田荘司　本格ミステリー宣言II〈ハイブリッド・ヴィーナス論〉
島田荘司　暗闇坂の人喰いの木
島田荘司　水晶のピラミッド
島田荘司　自動車社会学のすすめ
島田荘司　眩（めまい）暈
島田荘司　アトポス
島田荘司　異邦の騎士
島田荘司　改訂完全版 異邦の騎士
島田荘司　島田荘司読本
島田荘司　御手洗潔のメロディ
島田荘司　Pの密室
島田荘司　ネジ式ザゼツキー
島田荘司　都市のトパーズ2007
島田荘司　21世紀本格宣言
島田荘司　帝都衛星軌道
島田荘司　UFO大通り
島田荘司　リベルタスの寓話

島田荘司　透明人間の納屋
島田荘司　〈改訂完全版〉占星術殺人事件
塩田潮　郵政最終戦争
清水義範　蕎麦《そば》ときしめん
清水義範　国語入試問題必勝法
清水義範　永遠のジャック&ベティ
清水義範　深夜の弁明
清水義範　ビビンパ
清水義範　お金物語
清水義範　単位物語
清水義範　神々の午睡(上)(下)
清水義範　私は作中の人物である
清水義範　春高楼の
清水義範　イエスタデイ
清水義範　青二才の頃〈回想の'70年代〉
清水義範　日本ジジババ列伝
清水義範　日本語必笑講座
清水義範　ゴミの定理
清水義範　目からウロコの教育を考えるヒント

清水義範 世にも珍妙な物語集
清水義範 ザ・勝負
清水義範 清水義範ができるまで
清水義範 いい奴じゃん
清水義範 愛と日本語の惑乱
清水義範 西原理恵子・え おもしろくても理科
清水義範 西原理恵子・え もっとおもしろくても理科
清水義範 西原理恵子・え どうころんでも社会科
清水義範 西原理恵子・え もっとどうころんでも社会科
清水義範 西原理恵子・え いやでも楽しめる算数
清水義範 西原理恵子・え はじめてわかる国語
清水義範 西原理恵子・え 飛びすぎる教室
清水義範 西原理恵子・え 独断流「読書」必勝法
清水義範 西原理恵子・え 雑学のすすめ
椎名誠 フグと低気圧
椎名誠 犬の系譜
椎名誠 水域
椎名誠 にっぽん・海風魚旅〈怪し火さすらい編〉
椎名誠 くじら雲追跡編〈にっぽん・海風魚旅2〉

椎名誠 小魚びゅんびゅん荒波編〈にっぽん・海風魚旅3〉
椎名誠 大漁旗ぶるぶる乱風編〈にっぽん・海風魚旅4〉
椎名誠 南シナ海ドラゴン編〈にっぽん・海風魚旅5〉
椎名誠 極北の狩人〈アラスカ、カナダ、ロシアの北極圏をいく〉
椎名誠 もう少しむこうの空の下へ
椎名誠 モヤシ
椎名誠 アメンボ号の冒険
椎名誠 風のまつり
椎名誠 ニッポンありゃまあお祭り紀行〈春夏編〉
椎名誠 ニッポンありゃまあお祭り紀行〈秋冬編〉
椎名誠 新宿遊牧民
東海林さだお 椎名誠 やぶさか対談
島田雅彦 フランシスコ・X
島田雅彦 食いものの恨み
島田雅彦 佳人の奇遇
島田雅彦 悪貨
真保裕一 連鎖
真保裕一 取引
真保裕一 震源

真保裕一 盗聴
真保裕一 朽ちた樹々の枝の下で
真保裕一 奪取(上)(下)
真保裕一 防壁
真保裕一 密告
真保裕一 黄金の島(上)(下)
真保裕一 発火点
真保裕一 夢の工房
真保裕一 灰色の北壁
真保裕一 覇王の番人(上)(下)
真保裕一 デパートへ行こう!
真保裕一 アマルフィ〈外交官シリーズ〉
真保裕一 ダイスをころがせ!(上)(下)
真保裕一 天魔ゆく空(上)(下)
周大荒 渡辺精一訳 反三国志(上)(下)
篠田節子 贋《がん》作《さく》師《し》
篠田節子 聖域
篠田節子 弥勒
篠田節子 ロズウェルなんか知らない

講談社文庫　目録

篠田節子　転生
笙野頼子　居場所もなかった
笙野頼子　幽界森娘異聞
下川裕治・桃井和馬　世界一周ビンボー大旅行
下川裕治・篠原章　沖縄ナンクル読本
篠田真由美　未明の家〈建築探偵桜井京介の事件簿〉
篠田真由美　玄《くろ》い女神〈建築探偵桜井京介の事件簿〉
篠田真由美　翡《ひ》翠《すい》の城〈建築探偵桜井京介の事件簿〉
篠田真由美　灰色の砦〈建築探偵桜井京介の事件簿〉
篠田真由美　原罪の庭〈建築探偵桜井京介の事件簿〉
篠田真由美　美貌の帳《とばり》〈建築探偵桜井京介の事件簿〉
篠田真由美　桜闇〈建築探偵桜井京介の事件簿〉
篠田真由美　仮面の島〈建築探偵桜井京介の事件簿〉
篠田真由美　センティメンタル・ブルー〈蒼の四つの冒険〉
篠田真由美　月蝕の窓〈建築探偵桜井京介の事件簿〉
篠田真由美　綺羅の柩〈建築探偵桜井京介の事件簿〉
篠田真由美　失楽の街〈建築探偵桜井京介の事件簿〉
篠田真由美　胡蝶の鏡〈建築探偵桜井京介の事件簿〉
篠田真由美　聖女の塔〈建築探偵桜井京介の事件簿〉

篠田真由美　一角獣《ユニコーン》の繭《まゆ》〈建築探偵桜井京介の事件簿〉
篠田真由美　angels《エンジェルス》 天使たちの長い夜
篠田真由美　Ave《アヴェ》 Maria《マリア》
篠田真由美／加藤俊章 絵　レディMの物語
重松　清　定年ゴジラ
重松　清　半パン・デイズ
重松　清　世紀末の隣人
重松　清　流星ワゴン
重松　清　ニッポンの単身赴任
重松　清　ニッポンの課長
重松　清　愛妻日記
重松　清　オヤジの細道
重松　清　青春夜明け前
重松　清　カシオペアの丘で(上)(下)
重松　清　永遠《とわ》を旅する者〈ロストオデッセイ 千年の夢〉
重松　清　かあちゃん
重松　清　星をつくった男〈阿久悠と、その時代〉
重松　清　十字架
重松　清　あすなろ三三七拍子(上)(下)

重松　清　峠うどん物語(上)(下)
重松　清／渡辺　考　最後の言葉〈戦場に遺された二十四万字の届かなかった手紙〉
新堂冬樹　血塗られた神話
新堂冬樹　闇の貴族
柴田よしき　フォー・ディア・ライフ
柴田よしき　フォー・ユア・プレジャー
柴田よしき　シーセッド・ヒーセッド
柴田よしき　ア・ソング・フォー・ユー
新野剛志　八月のマルクス
新野剛志　もう君を探さない
新野剛志　どしゃ降りでダンス
殊能将之　ハサミ男
殊能将之　美《み》濃《の》牛《ぎゅう》
殊能将之　黒い仏
殊能将之　鏡の中は日曜日
殊能将之　キマイラの新しい城
嶋田昭浩　解剖・石原慎太郎
首藤瓜於　脳男
首藤瓜於　指し手の顔〈脳男II〉(上)(下)

講談社文庫　目録

瀬戸内寂聴　寂聴相談室 人生道しるべ
瀬戸内寂聴　花芯
瀬戸内寂聴　瀬戸内寂聴の源氏物語
瀬戸内寂聴　愛する能力
瀬戸内寂聴　藤壺
瀬戸内寂聴　生きることは愛すること
瀬戸内寂聴　寂聴と読む源氏物語
瀬戸内晴美編　人類愛に捧げた生涯〈人物近代女性史〉
瀬戸内寂聴・訳　源氏物語 巻《まき》一《いち》
瀬戸内寂聴・訳　源氏物語 巻《まき》二《に》
瀬戸内寂聴・訳　源氏物語 巻《まき》三《さん》
瀬戸内寂聴・訳　源氏物語 巻《まき》四《し》
瀬戸内寂聴・訳　源氏物語 巻《まき》五《ご》
瀬戸内寂聴・訳　源氏物語 巻《まき》六《ろく》
瀬戸内寂聴・訳　源氏物語 巻《まき》七《しち》
瀬戸内寂聴・訳　源氏物語 巻《まき》八《はち》
瀬戸内寂聴・訳　源氏物語 巻《まき》九《く》
瀬戸内寂聴・訳　源氏物語 巻《まき》十《じゅう》
梅原猛／瀬戸内寂聴　寂聴・猛の強く生きる心

関川夏央　よい病院とはなにか〈病むことと老いること〉
関川夏央　水の中の八月
関川夏央　やむにやまれず
先崎学　フフフの歩
先崎学　先崎学の実況！盤外戦
妹尾河童　少年H (上)(下)
妹尾河童　河童が覗いたインド
妹尾河童　河童が覗いたヨーロッパ
妹尾河童　河童が覗いたニッポン
妹尾河童　河童の手のうち幕の内
妹尾河童／野坂昭如　少年Hと少年A
清涼院流水　コズミック 流
清涼院流水　ジョーカー 清
清涼院流水　ジョーカー 涼
清涼院流水　コズミック 水
清涼院流水　カーニバル 一輪の花
清涼院流水　カーニバル 二輪の草
清涼院流水　カーニバル 三輪の層
清涼院流水　カーニバル 四輪の牛

清涼院流水　カーニバル 五輪の書
清涼院流水　秘密屋文庫 知ってる怪
清涼院流水　秘密室ボン〈QUIZ SHOW〉
清涼院流水　彩紋家事件 (I)(II)(III)
瀬尾まいこ　幸福な食卓
関原健夫　がん六回 人生全快
瀬川晶司　泣き虫しょったんの奇跡 完全版〈サラリーマンから将棋のプロへ〉
曽野綾子　幸福という名の不幸 (上)(下)
曽野綾子　私を変えた聖書の言葉
曽野綾子　自分の顔、相手の顔〈自分流を貫く生き方のすすめ〉
曽野綾子　それぞれの山頂物語〈今こそ主体性のある生き方をしたい〉
曽野綾子　安逸と危険の魅力
曽野綾子　至福の境地
曽野綾子　なぜ人は恐ろしいことをするのか
曽野綾子　透明な歳月の光
蘇部健一　六枚のとんかつ
蘇部健一　六とん2
蘇部健一　長野・上越新幹線四時間三十分の壁
蘇部健一　動かぬ証拠

講談社文庫　目録

高村　薫　李歐《りおう》
高村　薫　マークスの山(上)(下)
高村　薫　照柿(上)(下)
多和田葉子　犬婿入り
多和田葉子　旅をする裸の眼
多和田葉子　尼僧とキューピッドの弓
岳　宏一郎　蓮如夏の嵐(上)(下)
岳　宏一郎　御家の狗
武　豊　この馬に聞いた！ フランス激闘編
武　豊　この馬に聞いた！ 炎の復活凱旋編
武　豊　この馬に聞いた！ 大外強襲編
武田　圭　南海楽園〈タヒチ、バリ、モルジブ……サーフィン一人旅〉
武田　圭　波を求めて世界の海へ〈南海楽園2〉
高橋直樹　湖賊の風
橘　蓮二 監修・高田文夫　大増補版おあとがよろしいようで〈東京寄席往来〉
多田容子　柳影
多田容子　女剣士・一子相伝の影
田島優子　女検事ほど面白い仕事はない
高田崇史　QED〈百人一首の呪〉

高田崇史　QED〈六歌仙の暗号〉
高田崇史　QED〈ベイカー街の問題〉
高田崇史　QED〈東照宮の怨〉
高田崇史　QED〈式の密室〉
高田崇史　QED〈竹取伝説〉
高田崇史　QED〈龍馬暗殺〉
高田崇史　QED ～ventus～〈鎌倉の闇〉
高田崇史　QED〈鬼の城伝説〉
高田崇史　QED ～ventus～〈熊野の残照〉
高田崇史　QED〈神器封殺〉
高田崇史　QED ～ventus～〈御霊将門〉
高田崇史　QED〈河童伝説〉
高田崇史　QED ～flumen～〈九段坂の春〉
高田崇史　QED〈諏訪の神霊〉
高田崇史　QED〈出雲神伝説〉
高田崇史　QED〈伊勢の曙光《あけぼの》〉
高田崇史　毒草師〈QED Another Story〉
高田崇史　試験に出るパズル〈千葉千波の事件日記〉
高田崇史　試験に敗けない密室〈千葉千波の事件日記〉

高田崇史　試験に出ないパズル〈千葉千波の事件日記〉
高田崇史　パズル自由自在〈千葉千波の事件日記〉
高田崇史　麿の酩酊事件簿〈花に舞〉
高田崇史　麿の酩酊事件簿〈月に酔〉
高田崇史　クリスマス緊急指令〈～きよしこの夜、事件は起こる！～〉
高田崇史　カンナ　飛鳥の光臨
高田崇史　カンナ　天草の神兵
高田崇史　カンナ　吉野の暗闘
高田崇史　カンナ　奥州の覇者
高田崇史　カンナ　戸隠の殺皆
高田崇史　カンナ　鎌倉の血陣
高田崇史　カンナ　天満の葬列
高田崇史　カンナ　出雲の顕在
高田崇史　カンナ　京都の霊前
竹内玲子　笑うニューヨーク DELUXE
竹内玲子　笑うニューヨーク DYNAMITES
竹内玲子　笑うニューヨーク DANGER
竹内玲子　踊るニューヨーク Beauty Quest
竹内玲子　爆笑ニューヨーク POWERFUL《パワフル》〈アホで使える最新情報てんこ盛り！〉

竹内玲子　永遠に生きる犬〈ニューヨーク チョビ物語〉
団鬼六　外道の女
団鬼六　悦楽王〈鬼プロ繁盛記〉
立石勝規　国税査察官
立石勝規　論説室の叛乱
高野和明　13階段
高野和明　グレイヴディッガー
高野和明　K・Nの悲劇
高野和明　6時間後に君は死ぬ
高里椎奈　銀の檻を溶かして〈薬屋探偵妖綺談〉
高里椎奈　黄色い目をした猫の幸せ〈薬屋探偵妖綺談〉
高里椎奈　悪魔と詐欺師〈薬屋探偵妖綺談〉
高里椎奈　金糸雀《カナリ》が啼く夜〈薬屋探偵妖綺談〉
高里椎奈　緑陰の雨　灼けた月〈薬屋探偵妖綺談〉
高里椎奈　白兎が歌った蜃気楼〈薬屋探偵妖綺談〉
高里椎奈　本当は知らない〈薬屋探偵妖綺談〉
高里椎奈　蒼い千鳥　花霞に泳ぐ〈薬屋探偵妖綺談〉
高里椎奈　双樹に赤　鴉の暗《くろ》〈薬屋探偵妖綺談〉
高里椎奈　蟬の羽〈薬屋探偵妖綺談〉

高里椎奈　ユルユルカ〈薬屋探偵妖綺談〉
高里椎奈　雪下《せっか》に咲いた日輪と〈薬屋探偵妖綺談〉
高里椎奈　海紡《つむ》ぐ螺旋《らせん》　空の回廊〈薬屋探偵妖綺談〉
高里椎奈　深山木薬店説話集〈薬屋探偵妖綺談〉
高里椎奈　孤狼と月〈フェンネル大陸　偽王伝1〉
高里椎奈　騎士の系譜〈フェンネル大陸　偽王伝2〉
高里椎奈　虚空の王者〈フェンネル大陸　偽王伝3〉
高里椎奈　闇と光の双翼〈フェンネル大陸　偽王伝4〉
高里椎奈　風牙天明〈フェンネル大陸　偽王伝5〉
高里椎奈　雲の花嫁〈フェンネル大陸　偽王伝6〉
高里椎奈　終焉の詩〈フェンネル大陸　偽王伝7〉
高里椎奈　ソラチルサクハナ〈薬屋探偵怪奇譚〉
高里椎奈　天上の羊　砂糖菓子の迷児〈薬屋探偵怪奇譚〉
高里椎奈　ダウスに堕ちた星と嘘〈薬屋探偵怪奇譚〉
高里椎奈　遠《とお》に呱々《ここ》泣く八重の繭《まゆ》〈薬屋探偵怪奇譚〉
高里椎奈　童話を失くした明時《あかとき》に〈薬屋探偵怪奇譚〉
高里椎奈　来鳴《きな》く木菟《みみずく》日知《ひし》り月《つき》〈薬屋探偵怪奇譚〉
大道珠貴　背く子
大道珠貴　ひさしぶりにさようなら

大道珠貴　傷口にはウオッカ
大道珠貴　東京居酒屋探訪
大道珠貴　ショッキングピンク
高橋和女　流棋士
高木徹　ドキュメント 戦争広告代理店〈情報操作とボスニア紛争〉
平安寿子　グッドラックららばい
平安寿子　あなたにもできる悪いこと
高梨耕一郎　京都風の奏葬
高梨耕一郎　京都半木の道　桜雲の殺意
日明《たちもり》恩《めぐみ》　それでも、警官は微笑《わら》う
日明恩　鎮火報〈Fire's Out〉
日明恩　そして、警官は奔《はし》る
多田克己　絵・京極夏彦　百鬼解読
竹内真　じーさん武勇伝
たつみや章　ぼくの・稲荷山戦記
たつみや章　夜の神話
たつみや章　水の伝説
橘もも　バックダンサーズ！
橘もも／三浦天紗子／百瀬しのぶ／田浦智美　サッド・ムービー

出久根達郎　御書物同心日記
出久根達郎　続 御書物同心日記
出久根達郎　御書物同心日記 虫姫
出久根達郎　土龍《もぐら》
出久根達郎　俥《くるま》宿《やど》
出久根達郎　二十歳のあとさき
出久根達郎　逢わばや見ばや 完結編
出久根達郎　作家の値段
フランソワ・デュボワ　太極拳が教えてくれた人生の宝物〈中国・武当山90日間修行の記〉
土居良一　海翁伝
土居良一　修徳記〈直参松前八兵衛〉
土居良一　京都花暦〈直参松前八兵衛〉
ドウス昌代　イサム・ノグチ(上)(下)〈宿命の越境者〉
童門冬二　戦国武将の宣伝術〈隠された名将のコミュニケーション戦略〉
童門冬二　日本の復興者たち
童門冬二　夜明け前の女たち
童門冬二　改革者に学ぶ人生論〈江戸グローカルの偉人たち〉
童門冬二　佐久間象山〈幕末の明星〉
童門冬二　項羽と劉邦〈知と情の組織術〉

鳥井架南子　風の鍵《キー》
鳥羽 亮　警視庁捜査一課南平《なんぺい》班
鳥羽 亮　三鬼の剣
鳥羽 亮　広域指定127号事件〈警視庁捜査一課南平班〉
鳥羽 亮　刑《デ》事《カ》魂〈警視庁捜査一課南平班〉
鳥羽 亮　隠《おぬ》猿《ざる》の剣
鳥羽 亮　鱗光の剣〈深川群狼伝〉
鳥羽 亮　蛮骨の剣
鳥羽 亮　妖鬼の剣
鳥羽 亮　秘剣鬼の骨
鳥羽 亮　浮舟の剣
鳥羽 亮　青江鬼丸夢想剣
鳥羽 亮　双つ龍〈青江鬼丸夢想剣〉
鳥羽 亮　吉宗謀殺〈青江鬼丸夢想剣〉
鳥羽 亮　風来の剣
鳥羽 亮　影笛の剣
鳥羽 亮　波之助推理日記
鳥羽 亮　からくり小僧〈波之助推理日記〉
鳥羽 亮　天狗の塒《ねぐら》〈波之助推理日記〉

鳥羽 亮　遠山桜〈影与力嵐八九郎〉
鳥羽 亮　浮世の果て〈影与力嵐八九郎〉
鳥羽 亮　鬼剣〈影与力嵐八九郎〉
鳥羽 亮　疾《は》風《やて》剣《けん》谺《こだま》返し〈深川狼虎伝〉
鳥羽 亮　修羅剣雷《いかずち》斬り〈深川狼虎伝〉
鳥羽 亮　狼《ろう》虎《こ》血《けっ》闘《とう》〈深川狼虎伝〉
鳥羽 亮　御隠居剣法
鳥羽 亮　〈駆込み宿 影始末(一)〉
鳥越 碧　一葉
鳥越 碧　漱石の妻
鳥越 碧　兄いもうと〈子規庵日記〉
鳥越 碧　花筏 谷崎潤一郎・松子 たゆたう記
東郷 隆　御町見役うずら伝右衛門(上)(下)
東郷 隆　御町見役うずら伝右衛門・町あるき
東郷 隆　銃士伝
東郷 隆　センゴク兄弟
東郷 隆　南天
東郷 隆　蛇の王(上)(下)〈ナーガ・ラージャ〉
東郷 隆 上田 信 絵　【絵解き】戦国武士の合戦心得〈歴史・時代小説ファン必携〉
東郷 隆 上田 信 絵　【絵解き】雑兵足軽たちの戦い〈歴史・時代小説ファン必携〉

講談社文庫　目録

中場利一　岸和田少年愚連隊
中場利一　岸和田少年愚連隊 血煙り純情篇
中場利一　岸和田少年愚連隊 望郷篇
中場利一　岸和田少年愚連隊 外伝
中場利一　岸和田少年愚連隊 完結篇
中場利一　純情ぴかれすく〈その後の岸和田少年愚連隊〉
中場利一　スケバンのいた頃
中山可穂　感情教育
中山可穂　マラケシュ心中
中村うさぎ／倉田真由美　うさたまのいい女になるっ！〈暗夜行路対談〉
中山康樹　リッスン〈ジャズとロックと青春の日々〉
中山康樹　ビートルズから始まるロック名盤
中山康樹　ジョン・レノンから始まるロック名盤
中山康樹　伝説のロック・ライヴ名盤50
永井するみ　防風林
永井するみ　ソナタの夜
永井するみ　年に一度、の二人
永井するみ　涙のドロップス
永井隆　ドキュメント 敗れざるサラリーマンたち

中島誠之助　ニセモノ師たち
梨屋アリエ　でりばりぃAge
梨屋アリエ　ピアニッシシモ
梨屋アリエ　プラネタリウム
梨屋アリニ　プラネタリウムのあとで
梨屋アリエ　スリースターズ
中原まこと　いつかゴルフ日和に
中原まこと　笑うなら日曜の午後に
中島京子　FUTON
中島京子　イトウの恋
中島京子　均ちゃんの失踪
中島京子　エルニーニョ
奈須きのこ　空の境界(上)(中)(下)
中島かずき　髑髏《どくろ》城の七人
内藤みか／尾谷幸憲　LOVE※〈ラブコメ〉
永田俊也　落語娘
中村彰彦　名将がいて、愚者がいた
中村彰彦　義に生きるか裏切るか〈名将がいて、愚者がいた〉
中村彰彦　知恵伊豆と呼ばれた男〈老中松平信綱の生涯〉

中村彰彦　幕末維新史の定説を斬る
長野まゆみ　簞笥のなか
長野まゆみ　となりの姉妹
長野まゆみ　レモンタルト
長嶋有　夕子ちゃんの近道
長嶋有　電化文学列伝
永嶋恵美　転落
永嶋恵美　災厄
永嶋恵美　擬態
中川一徳　メディアの支配者(上)(下)
永井均／内田かずひろ 絵　子どものための哲学対話
なかにし礼　戦場のニーナ
なかにし礼　生きる力〈心でがんに克《か》つ〉
中路啓太　火ノ児の剣
中路啓太　裏切り涼山
中路啓太　己惚れの記
中島たい子　建てて、いい？
中村文則　最後の命
中村文則　悪と仮面のルール

2015年3月15日現在

「司馬遼太郎記念館」への招待

司馬遼太郎記念館は自宅と隣接地に建てられた安藤忠雄氏設計の建物で構成されている。広さは、約2300平方メートル。2001年11月に開館した。

数々の作品が生まれた自宅の書斎、四季の変化を見せる雑木林風の自宅の庭、高さ11メートル、地下1階から地上2階までの三層吹き抜けの壁面に、資料本や自著本など2万余冊が収納されている大書架、……などから一人の作家の精神を感じ取っていただく構成になっている。展示中心の見る記念館というより、感じる記念館ということを意図した。この空間で、わずかでもいい、ゆとりの時間をもっていただき、来館者ご自身が思い思いにしばし考える時間をもっていただきたい、という願いを込めている。　（館長　上村洋行）

利用案内

所 在 地　大阪府東大阪市下小阪3丁目11番18号　〒577-0803
T E L　06-6726-3860，06-6726-3859（友の会）
H P　http://www.shibazaidan.or.jp
開館時間　10:00〜17:00（入館受付は16:30まで）
休 館 日　毎週月曜日（祝日・振替休日の場合は翌日が休館）
特別資料整理期間（9/1〜10）、年末・年始（12/28〜1/4）
※その他臨時に休館することがあります。

入館料

	一 般	団 体
大人	500円	400円
高・中学生	300円	240円
小学生	200円	160円

※団体は20名以上
※障害者手帳を持参の方は無料

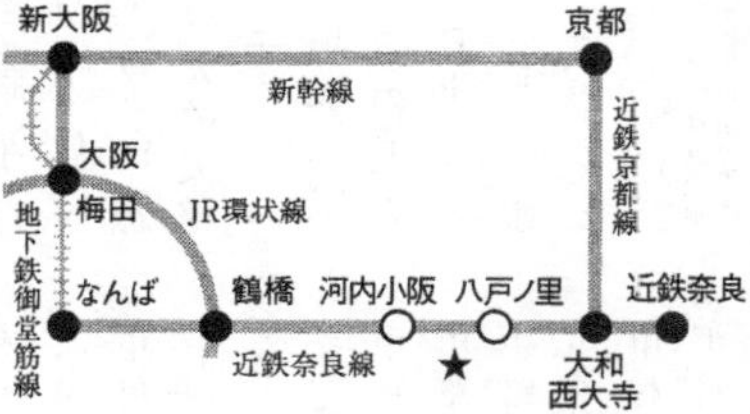

アクセス　近鉄奈良線「河内小阪駅」下車、徒歩12分。「八戸ノ里駅」下車、徒歩8分。
Ⓟ5台　大型バスは近くに無料一時駐車場あり。但し事前にご連絡ください。

記念館友の会　ご案内

友の会は司馬作品を愛し、記念館を支えてくださる会員の皆さんとのコミュニケーションの場です。会員になると、会誌「遼」（年4回発行）をお届けします。また、講演会、交流会、ツアーなど、館の行事に会員価格で参加できるなどの特典があります。

年会費　一般会員3000円　サポート会員1万円　企業サポート会員5万円
お申し込み、お問い合わせは友の会事務局まで
TEL 06-6726-3859　FAX 06-6726-3856